Kornelia Diedrich

Isabel räumt auf
mit der Kraft des Herzens

Kornelia Diedrich

# Isabel räumt auf mit der Kraft des Herzens

*Roman*

FSC
www.fsc.org
MIX
Papier aus ver-
antwortungsvollen
Quellen
Paper from
responsible sources
FSC® C105338

Impressum

Texte: © 2020 Kornelia Diedrich

Umschlaggestaltung: © Kornelia Diedrich

www.kornelia-diedrich.de

Herstellung und Verlag: BoD – Books on Demand, Norderstedt

ISBN: 978-3-7519-2041-4


Bibliografische Information der Deutschen Nationalbibliothek:

Die Deutsche Nationalbibliothek verzeichnet diese Publikation in der

Deutschen Nationalbibliografie; detaillierte bibliografische Daten sind

im Internet über http://dnb.dnb.de abrufbar.

Für meine Töchter Stephanie und Alexandra

und mein Enkelkind Nora

Möget ihr immer eurem Herzen vertrauen.

# Inhaltsverzeichnis

# Die Diagnose

Der Arzt hat lange mit der Mama gesprochen. Katinka ist das alles zu langweilig. Durch das Fenster beobachtet sie Kinder auf einem Spielplatz. Heute fühlt sie sich zu müde auch dort spielen zu wollen.

Nach einer Weile blickt sie wieder auf die beiden Erwachsenen. Sie schauen sehr ernst und Mama schlägt die Hände vor ihr Gesicht.

'Vielleicht hat der Arzt was Schlimmes gesagt', überlegt Katinka. 'Oder vielleicht …'

In dem Moment stehen die Mama und der Arzt auf und schütteln einander die Hände.

'Mamas Gesicht sieht ganz komisch aus', denkt Katinka, 'so traurig und erschreckt.'

'Komm, wir können wieder heim fahren.' Auch Mamas Stimme klingt anders als sonst und sie schaut sie dabei so an, als würde sie durch sie hindurchsehen.

Dann murmelt Mama: „Wir kriegen das schon hin … es wird schon …"

Katinka ist zu müde, um sich weiter Sorgen um ihre Mama zu machen.

Die Diagnose des Facharztes schlägt bei Tanja wie eine Bombe ein. Sie reißt ihr förmlich den Boden unter den Füßen weg. Hat das Leben sie nicht schon ausreichend gebeutelt? Ihre Mutter, Eric, das ständige Hin und Her. Jetzt auch noch ihre älteste Tochter.

Warum??

Unterstützung hat sie kaum, um Freundschaften zu pflegen fehlt ihr einfach die Zeit und am Ende die Kraft. Kinder, der anstrengende Job und dann noch ihre Mutter!!

9

Tanja sitzt verzweifelt am Küchentisch, der Kaffee ist noch zu heiß. Katinka war nach dem Arztbesuch so müde, dass Tanja sie ins Bett tragen musste.

Krebs! Aller Wahrscheinlichkeit nach! Fast sicher! Blutkrebs! Mein Gott!

Viel mehr hat sie gar nicht behalten können. Dieses Wort *Krebs* füllt ihren ganzen Kopf und dröhnt und lässt alles in ihr schwirren, was sie jemals über diese Krankheit gehört hat. Den Kopf auf die Hände stützend, starrt sie vor sich hin. Weinen kann sie nicht. Dafür hat sie auch gar keine Zeit. Sie schaut auf die Uhr, Clarissa und Maline müssen aus dem Kindergarten abgeholt werden. Sie stürzt den Kaffee runter, greift ihre Tasche und macht sich auf den Weg.

## Im Dienst der Liebe

Es ist ihr doch recht warm geworden, Adèle Karôll hängt ihre warme Jacke an den Haken und geht in die Küche. Jetzt braucht sie erst mal etwas zu trinken. Der Weg nach Hause ist überraschend anstrengend gewesen.

Mit ihren 80 Jahren ist sie noch sehr rüstig, aber sie weiß auch, dass sie etwas dafür tun muss: bewegen, bewegen, bewegen. Also ist sie ständig unterwegs, was ihr doppelt gut tut, da sie für ihr Leben gern mit anderen Menschen zusammen ist.

Der Besuch bei Tanja Boennke hatte ihr schon eine Weile am Herzen gelegen und für heute Nachmittag hatten sie endlich einen Termin gefunden.

Mathilde war nun schon eine Woche in der jenseitigen Welt und jeden Tag hatte Adèle sich an die Bitte ihrer Freundin erinnert.

Was für ein Glück es doch gewesen war, dass sie Mathilde an ihrem Sterbetag noch besucht hatte. Morgens war der Impuls

10

gekommen und zwei Stunden später saß sie schon am Bett ihrer Freundin.

So viel gab es nicht mehr zu bereden, da Adèle regelmäßig zu Besuch kam, aber Mathilde hatte noch ein Anliegen.

Eines ihrer Urenkel war schwer erkrankt und sie wollte es noch gut versorgt wissen. Das Verhältnis zwischen ihnen war nicht so nah, da ihr Enkel seine Frau immer wieder verließ um dann doch zu ihr zurückzukehren. Eine verzwickte Situation auch für Mathilde selbst.

Adèle hatte ihr aufmerksam zugehört und ihr zum einen versprochen, alles Mögliche zu tun, damit die Familie gut unterstützt werden würde. Zum anderen bemerkte sie, dass Mathilde mit dem Verhältnis zu ihrem Enkel noch nicht ganz im Frieden war.

Vorsichtig forschte sie weiter. Ihrer beider Vertrauen war tief genug, so dass Mathilde sich ihre Sorgen noch von der Seele reden konnte.

„Weißt du, Adèle, letzten Endes ist es doch so, dass Eric nicht gut für seine Familie sorgt ... Immer wieder abzuhauen und Tanja mit allem alleine zu lassen, ... das zeugt nicht von einem guten Elternhaus. Das tut man einfach nicht. Leider habe ich mit Tanja keinen intensiven Austausch gehabt, da sie immer nur ja sagt und gar keine eigene Meinung hat. Aber gut, so ist sie nun mal. Doch was Eric angeht … auch wenn er schon 36 Jahre alt ist."

Sie atmete schwer.

Adèle sah in ihr blasses und müdes Gesicht. Das Reden strengte die sterbende Gefährtin sehr an. Doch diese Worte wollten gesagt werden.

„Wenn ich sage, mein Enkel ist ein Versager, bedeutet das für mich … , dass ich versagt habe. Ich habe bei seiner Erziehung demnach nicht alles gegeben."

11

So konnte Adèle ihre Freundin nicht von dieser Welt gehen lassen.

„Mathilde, ich habe dich zwar damals noch nicht gekannt, aber ich bin mir sicher, dass du immer dein Bestes gegeben hast. Das tun Mütter immer! Auch wenn du ihn als Großmutter großgezogen hast, weil deine Tochter dazu nicht in der Lage war. Seine Erziehung ist längst abgeschlossen. Was er mit seinem Leben anfängt, wie er lebt, wen er liebt oder verletzt, steht in seiner eigenen Verantwortung. Nicht mehr in deiner!"

„Ja, aber ... Es ist schlimm nicht hinter seiner Familie zu stehen!"

„Mathilde, Liebes. Es ist wie es ist. Bewertungen bringen nichts. Du kannst es nicht mehr ändern. Jetzt geht es nur noch um dich! Und um deinen inneren Frieden. Wenn du kannst, dann vergib ihm alles, was er dir angetan hat, bitte ihn um Vergebung für alles, was du ihm angetan hast und vergib dir alles, was du getan oder was du nicht getan hast." Adèle sprach langsam, aber eindringlich. Sie spürte, dass nicht mehr viel Zeit für lange Erklärungen war.

„Meinst du?", fragte Mathilde mit matter Stimme.

„Unbedingt! Soll ich es dir noch einmal vorsprechen?"
Mathilde nickte.

„Dann kannst du in Gedanken nachsprechen und es bitte auch so meinen.

Lieber Eric, ich vergebe dir alles, was du mir angetan hast." Adèle hielt einen Moment inne und beobachtete Mathilde, die da mit geschlossenen Augen lag. Und erst als diese kaum merklich nickte, sprach sie weiter.

„Eric, ich bitte dich um Vergebung für alles, was ich dir angetan habe." Wieder pausierte sie und wartete auf Mathildes Zeichen.

12

„Ich vergebe mir, alles, was ich mir oder anderen angetan habe oder was ich nicht getan habe. Und das alles vom Anbeginn aller Zeiten bis zum heutigen Tag."

Es dauerte eine ganze Weile bis Mathilde tiefer atmete und die Augen wieder öffnete. Adèle weiß wie wichtig dieser Prozess für Mathilde ist, für jeden … immer, nicht erst, wenn er diese Welt verlässt, aber spätestens dann. Sie lächelten einander zu. Mathildes Gesicht sah entspannter aus als vorher.

„Erinnerst du dich an all seine guten Seiten, seine Fähigkeiten, seine Liebe zu dir? Auch hierzu hast du deinen Beitrag geleistet! Vergiss das nicht!"

Lächelnd stimmte Mathilde ihr zu und ihr fielen ein paar nette Episoden aus Erics Leben ein, die sie mit Adèle teilte:

„Wenn ich an all die wundervollen Bilder denke, die er gemalt hat. Ich war immer so stolz auf meinen Jungen. Schon in der Schule", Mathilde musste immer wieder Luft holen. „Schon in der Schule hat man ihn dafür gelobt und dann hat er sogar ein Stipendium bekommen, um Kunst zu studieren."

Mathilde versank in Erinnerungen.

Adèle fragte sich insgeheim, ob der liebe Junge denn auch seiner Oma, die im Sterben liegt, schon einen Besuch abgestattet hatte, hütete sich aber diese Frage laut zu stellen.

Ihr war wichtig, dass Mathilde in guter Stimmung blieb.

„Adèle, ich werde sterben, … schon … ganz bald! Ich fühle das." Ihre dunklen Augen sehen Adèle an.

„Ich habe Angst."

Adèle schob ihre Hand unter Mathildes blasse Hand, die auf der Lehne lag und hielt sie.

„Ich weiß, dass du Angst hast. Aber glaub mir, du brauchst keine Angst zu haben. Du gehst zurück zu Gott und Gott ist Liebe. Also kann doch alles nur gut werden."

Sie lächelte Mathilde aufmunternd zu.

13

„Denk immer dran, dass du ins Licht gehst und wisse, dass du von deinen Eltern, deinem Mann und anderen dir vorangegangenen lieben Seelen dort im Licht erwartet und empfangen wirst. Dich erwartet reine Liebe. Es wird wunderbar! Schau einfach nach dem Licht und lasse alles andere los. Hab nur Mut!"

„Es ist wie eine Neugeburt", fügte sie noch hinzu.

Dann küsste sie sie vorsichtig auf die Stirn und verabschiedete sich kurz darauf ganz sanft von Mathilde. So wie sie es jedes Mal taten, seitdem sie wussten, dass Mathilde sterben würde.

Mathildes Gefühl trog nicht, am gleichen Abend schlief sie ganz friedlich ein. Die Dame vom Hospiz, die sie fand, war ganz sicher, dass sie keine Angst gehabt hatte, da ihr Gesichtsausdruck vollkommen entspannt war und ein Lächeln noch ihre Züge umspielte.

Adèle beendet etwas seufzend ihren Rückblick, blickt versonnen in ihr Glas. Ihr ist klar, dass Mathilde ihr ins Licht vorausgegangen war und dort auf sie warten wird. „Irgendwann werde ich hier ja auch mal fertig sein und wieder heim gehen", murmelt Adèle vor sich hin, während sie das Glas mit dem erfrischenden Wasser leert.

Eine neue Aufgabe wartet also auf Adèle und sie war sehr gespannt gewesen, Tanja kennenzulernen. Viel hatte sie nicht von ihr gewusst, aber das sah sie positiv, da sie ihr unvoreingenommen begegnen konnte. Adèle ist sicher, dass in jedem Menschen ein guter, göttlicher Kern steckt.

In Gedanken geht sie noch einmal ihren heutigen Besuch bei Familie Boennke durch:

Pünktlich um drei Uhr hatte sie an der Tür geschellt. Sie hörte das Geschrei der Kinder und Tanja, die sie kurz aufforderte

14

still zu sein, um dann die Türe zu öffnen. Freundlich begrüßten sie einander und die Kinder wurden angehalten, ihr die Hand zu geben. Bei einer Tasse Kaffee erzählte Adèle ihr von ihrem letzten Besuch bei ihrer Freundin Mathilde. Tanja zeigte sich berührt von Mathildes Anliegen.

„Ich habe kaum Zeit gehabt, Erics Oma zu besuchen. Sie war eine liebe alte Dame und ich bin überrascht, dass wir ihr so am Herzen lagen. Was genau hat sie denn im Sinn gehabt? Wie sollen Sie mir denn jetzt helfen können?"

Tanjas Worte klangen in Adèles Ohren weder hoffnungsvoll noch hoffnungslos, vielleicht eher teilnahmslos, ohne Erwartungen. Doch wenn Adèle einen Plan hat, dann setzt sie ihn auch immer in die Tat um – der Gedanke lässt sie jetzt noch lächeln.

Also hatte sie Tanja gebeten, erst mal von ihrem Leben und Kümmernissen zu berichten. Dann würde man weitersehen. Sie erfuhr von Katinka, ihrer ältesten Tochter, die an Blutkrebs erkrankt, im Krankenhaus liegt. Da Eric, ihr Ehemann, angesichts solcher und anderer Probleme das Weite gesucht hatte, muss Tanja nun erst mal alles alleine stemmen. Neben ihrem Vollzeitjob.

Nein, Hilfe und Unterstützung habe sie keine, gab sie dann auf Adèles Frage hin doch etwas mutlos zu. Es schien als würde ihr in dem Moment die Aufgabe, vor der sie stand, erst vollends bewusst. Adèle hatte daraufhin ihre Hand gestreichelt und ihr Mut zu gesprochen.

„Ach was, jetzt haben Sie ja mich."

Ihr Lächeln war so ansteckend, dass Tanjas Gesichtsausdruck sich wieder entspannte.

„Liebe Tanja, ich darf doch Tanja sagen, oder?" Tanja hatte zustimmend genickt.

„Ich glaube ich habe schon eine Idee, mein Netzwerk ist groß genug und ich werde ein wenig telefonieren und dann melde

15

ich mich wieder bei Ihnen und wir schauen weiter. Vertrauen Sie mir, es gibt immer Lösungen!!"

Mit den Worten war sie aufgestanden und hatte sich verabschiedet. Tanja erschien ihr etwas erstaunt, aber auch ein wenig hoffnungsvoll.

Das ist also der Stand der Dinge … wer könnte denn hier zuerst hilfreich sein? … denkt sie weiter. Florine kommt ihr als erstes in den Sinn. Die junge Frau ist Sozialarbeiterin und arbeitet beim Amt. Sie wird sicherlich wissen, welche Unterstützungsmöglichkeiten es für Tanja gibt und welche die nächsten Schritte sein könnten.

Prima, ein Treffen mit Florine wird sich sicher schnell arrangieren lassen. Darum werde ich mich morgen kümmern. Sie zieht ihre Schuhe aus und legt sich auf ihr Sofa, Zeit für ein erholsames Nickerchen.

# Intuition

Florine ist erstaunt, warum soll sie jetzt schon gehen?

Es ist doch gerade erst so schön, alles läuft gut, nach den anfänglichen Schwierigkeiten. Nun gut, sie hat sich ja vorgenommen, ihrer inneren Stimme zu folgen. Vielleicht ist ja was Wahres dran, dass man gehen soll, wenn es am schönsten ist.

Sie verabschiedet sich von den Gastgebern, die ihr höchstes Bedauern äußern, aber Florine bleibt dabei und geht winkend hinaus.

Draußen überlegt sie kurz, welche Bahn sie wohl jetzt am günstigsten nehmen könnte. Doch dann hört sie im Innern eine Stimme, die ihr rät:

„Geh zu Fuß durch den Regentenpark."

Das ist zwar nicht der kürzeste Weg, führt aber durch einen wunderschönen Park. Florine zieht den Mantelkragen hoch

16

und atmet die frische Luft ein. Eigentlich eine sehr gute Entscheidung. Die Bewegung und die frische Luft tun ihr gut nach dem langen Stehen auf dem Empfang.

Ohne inneren Widerspruch wählt sie ihre Lieblingsroute durch den Park. Sie liebt die breite Allee mit den hohen Platanen, durch die um diese frühe Jahreszeit das Sonnenlicht so wunderschön durch die zartgrünen Blätter fällt.

Von hinten hört sie jemanden rufen … es scheint wohl ihr zu gelten, denn nun versteht sie ihren Namen.

„Florine", ruft eine weibliche Stimme. „Florine!"

Florine dreht sich um.

Wer das wohl ist? ... in einen warmen Pelz gehüllt und leicht keuchend laufend, kommt eine ältere Dame hinter ihr her.

Erst beim Näherkommen erkennt Florine die freundliche, betagte Dame aus der Nachbarschaft.

„Das ist aber lieb, dass Sie auf mich warten", japst diese als sie Florine endlich erreicht. Florine begrüßt sie, hakt sie unter und gemeinsam gehen sie langsam weiter.

„Sagen Sie, Florine, ist das nicht ein wundervoller Tag??"

Adèle Karôll ist eine durchweg positiv eingestellte Dame mit viel Lebenserfahrung. Florine fragt sie gerne um Rat.

Doch heute braucht Adèle sie.

„Florine, ich brauche Ihre Hilfe! Die Familie meiner verstorbenen Freundin Mathilde ist in Not, genauer gesagt, die Frau ihres Enkels mit ihren Kindern." Adèle ist immer noch etwas außer Atem.

„Was ist passiert?"

„Eines der Kinder ist schwer erkrankt. Es deutet leider alles auf Blutkrebs, also Leukämie hin. Das zu verkraften ist eins, für die ganze Familie ein Schock. Für den Vater war es zu viel, er konnte es nicht ertragen....die Verantwortung … und ... und was auch immer in ihm vorging … auf jeden Fall hat er sich davon gemacht. Jetzt steht die arme Frau, also die

Mutter der … ich glaube es sind drei Kinder … natürlich vor einer doppelt großen Bürde."

„Ach du meine Güte, ja das ist wirklich eine Herausforderung!" Florine fühlt mit der Familie.

„Ich denke die junge Frau braucht erst mal Unterstützung und Tipps wie es weitergehen kann. Die Zeit, sich mühsam bei allen Ämtern zu informieren, hat sie gar nicht, da sie ja auch noch berufstätig ist. Daher fielen Sie mir ein, Florine. Sie sind doch Sozialarbeiterin und könnten ihr so ganz unbürokratisch mal in einem Gespräch weiterhelfen, ihr ein paar Tipps geben, was sie jetzt als nächstes tun sollte, wo sie am besten schnellsten sinnvolle Hilfe findet ... Sie wissen doch was ich meine."

Jetzt ringt sie wieder nach Atem, aber sie schaut Florine mit großen Augen liebevoll bittend an. Florine lächelt sie an, tätschelt die Hand der alten Dame. Sie kennen einander schon eine Weile und Florine vermutet:

„Sie haben doch sicher schon einen Termin für mich gemacht, oder?"

Adèle freut sich über ihre unkomplizierte Antwort und hofft, dass es schon morgen klappen könnte.

Ein kurzer Blick auf den Kalender in ihrem Handy und Florine kann Adèle beruhigen und zusagen.

Adèles Hilfsbereitschaft ist bekannt, doch dabei ist sie auch in der Lage, ihr Netzwerk behutsam einzufordern ohne tatsächlich jemanden zu überfordern.

Sie verabreden sich für den nächsten Tag bei Adèle, um Tanja Boennke dann gemeinsam einen Besuch abzustatten.

## Unerwartete Hilfe

Florine denkt gerade darüber nach, dass ihr gestriges Treffen mit Adèle wohl von einer höheren Instanz geführt worden war und dass ihr Zutun zunächst darin bestanden hat auf ihre innere Stimme zu hören. Wie spannend, staunt sie.

„Jetzt links abbiegen und Sie haben Ihr Ziel auf der linken Seite erreicht."

Florine schaltet ihr Navi ab und steigt aus ihrem Wagen aus. Adèle hatte in der Früh angerufen und ihr Beisein bei dem Treffen absagen müssen, da sie noch woanders von Nöten sei. Florine fischt ihren Zettel mit der Adresse aus der Tasche. Ahh! Dieses Haus … Lebensstraße 11 … ist ihr Ziel. Florine blickt auf die Klingeln, schellt bei Boennke und da die Eingangstüre des Mehrfamilienhauses offensteht, geht sie hinein. Doch sie staunt nicht schlecht, denn im Flur stehen ein paar Menschen, einer hat sogar eine große Kamera. Das Fernsehen? Hier? Florine ist verwirrt. Dann sieht sie eine offene Wohnungstüre … die von Boennkes … ihr Ziel. Dort steht eine Dame, mit einem auffällig roten Pagenkopf, offensichtlich von der Presse, da sie ein Mikrophon in der Hand hält, und ihr gegenüber im Türrahmen eine Frau etwa Mitte dreißig, die ziemlich erschreckt drein schaut. Offensichtlich hatte sie die Tür gerade erst geöffnet.

Florine hält einen Moment inne, dann folgt sie ihrem inneren Impuls und drängelt sich durch. Sie ignoriert die Reporterin und spricht die Wohnungsbesitzerin direkt an.

'Entweder sie ist es oder sie ist es nicht', denkt Florine und fragt:

„Adèle schickt mich. Kann ich Ihnen helfen??"

Dankbar nickt die junge Frau.

„Entschuldigen Sie bitte!", sagt Florine laut, schiebt die Dame von der Presse energisch an Seite und beendet den Aufmarsch durch ein deutliches Zuschlagen der Haustür.

Erleichterte Blicke empfangen sie.

„Danke."

19

„Florine van Belto", Florine stellt sich vor und wird dankbar, aber zurückhaltend, zitternd begrüßt.

„Tanja Boennke."

Florine lächelt sie dabei beruhigend an.

„War das okay, dass ich die Türe einfach zu gemacht habe?"

„Bestimmt! Ich habe absolut keine Ahnung, was die von mir wollten..." Tanja ist noch ziemlich durcheinander.

„Wenn es wichtig war melden Sie sich sicher noch mal bei Ihnen" beruhigt Florine sie und zwinkert dann:

„Vielleicht haben Sie ja im Lotto gewonnen?!" Tanja muss lachen.

„Ja, das wäre wunderschön. ... Frau Karôll hatte mich angerufen und mitgeteilt, dass Sie heute kommen, aber wo ist sie denn?"

Florine nickt :

„Sie rief mich heute früh an und lässt sich entschuldigen."

„Kommen Sie rein. Wir müssen doch nicht hier im Flur stehen bleiben. Dieses Pressegewusel hat mich ganz durcheinander gebracht." Mit einer einladenden Geste und schon viel ruhiger, weist Tanja ihrem Gast den Weg in die kleine Küche.

„Kaffee?" Florine nickt.

„Diese Frau Karôll ist eine ganz zauberhafte alte Dame. Sie hat mich kürzlich besucht und mir Hilfe angeboten. Vollkommen überraschend für mich!"

Tanja reicht ihrem Besuch eine Tasse mit duftendem Kaffee.

„Ja, Adèle scheint nur dafür auf dieser Welt zu sein", ergänzt Florine lachend.

„Sie hat mir schon grob erzählt, worum es geht. Ich kenne mich aus mit all den Anträgen, die man stellen muss, um Unterstützung zu bekommen."

„Genau da würde ich nie durchblicken und ...", dankbar blickt Tanja die rothaarige Frau an, die wie ein Segen in ihr Leben gekommen ist und sie so freundlich anlächelt.

20

Gemeinsam trinken sie ihren Kaffee und plaudern ein wenig, während Florine ihr aufschreibt an welche amtlichen Stellen sie sich richten sollte.

Zuhause hat sie schon Anträge vorbereitet, in die sie gemeinsam nur noch Namen und Daten einsetzen müssen. Schnell ist dies erledigt.

„Das Wichtigste ist der Antrag für eine Haushaltshilfe, die Ihnen bei der Arbeit mit Ihren Kindern und vor allem der erkrankten Katinka helfen könnte." Tanja seufzt erleichtert auf.

„Sie haben mir einen großen Stein von der Brust genommen. Neben meinem Job in der Kantine und den anderen Verpflichtungen habe ich einfach nicht mehr die Kraft, mich durch diesen Paragraphendschungel zu arbeiten. Danke!!"

„Gerne!! Doch sagen Sie, das klingt als würden Sie ganz alleine vor dieser Herausforderung stehen? Adèle sprach von einem Vater???" Florine hat Adèles weitere Erklärungen vergessen und ist im Moment ganz erstaunt.

„Eric hat seine Sachen gepackt, als er hörte, was mit Katinka los ist. Er läuft immer weg, wenn es schwierig wird. Ich hoffe nur, dass er dieses Mal wieder zurückkehrt, so wie all die anderen Male auch."

Tanja stehen die Tränen in den Augen.

Florine überlegt unterdessen schon, wie sie dieser verzweifelten Mutter sonst noch etwas Gutes tun könnte. Sie hat auch schon eine Idee. Vielleicht mag Isabel den Job als Haushaltshilfe übernehmen. Sie ist immer mit dem Herzen dabei und eine Seele von Mensch.

Florine legt Tanja die Hand auf die Schulter und tätschelt sie.

„Wir schaffen das schon. Nur Mut!!"

Dann schellt es und vor der Türe sind Kinderstimmen zu hören.

Tanja springt auf.

21

„Das ist meine Nachbarin, sie hat die Kinder heute für mich vom Kindergarten abgeholt. Augenblick bitte!!"

Florine ist gespannt auf die Gesichter der fröhlichen Kinderstimmen, die sie da hört. Eine ruft laut: „Schau mal Mama, das habe ich gemalt ... extra für dich ... hier das ist die Sonne und da der Himmel und das bist du ..."

Gleichzeitig macht sich noch jemand quengelnd bemerkbar ... Tanja schiebt die Kinder in die Küche und sagt:

„Nun seid erst mal still, wir haben nämlich Besuch. Das ist Frau van Belto." Florine lacht die beiden an.

„Hallo ihr beiden".

„Hallo." Die beiden Mädchen kommen näher und zeigen Florine vertrauensvoll ihre Bilder.

Tanja weist auf die größere von beiden.

„Das ist Clarissa, sie ist vier. Und die Blondgelockte hier heißt Maline, sie ist schon zwei."

„Ja", unterbricht Clarissa sie, „und Tinka ist sechs, sie ist im Krankenhaus, aber wenn sie kommt spielen wir wieder zusammen."

„Das wird bestimmt schön!", antwortet Florine zustimmend und freut sich über die fröhlichen Gesichter.

Tanja schickt sie ins Kinderzimmer, aber die Kinder haben Hunger.

Zeit für Florine sich zu verabschieden.

„Tausend Dank für Ihre Unterstützung", Tanja hält Florine die Hand hin.

„Gern geschehen", antwortete diese und reicht ihr ihre Visitenkarte. „Falls Sie noch Fragen haben. Rufen Sie einfach an!! Schicken Sie den Antrag schnell ab und dann melden Sie sich bei mir, sobald Sie die Bewilligung erhalten haben!! Derweil hör ich mich mal um, wer Ihnen weiterhelfen könnte. Ich habe schon jemanden im Sinn!! Okay? Alles Gute ..."

22

# Ein besonderes Kätzchen

Isabel fragt sich, ob sie wirklich gerade richtig gesehen hat. Nein, kein Zweifel ... da ist ein Schein, ein Glitzern ... sie zwinkert ein zweites Mal mit den Augen ...doch es glitzert! Da vorne direkt über der Wiese ... an dem kleinen Holunderbusch, der sich dort seit drei Jahren prächtig entwickelt. Sie fühlt sich wie hingezogen, steht auf, das Glitzern nicht aus den Augen lassend. Langsam bewegt sie sich darauf zu.

Beim Näherkommen bewegt es sich jedoch ebenso langsam fort, wartet aber immer wieder, so als wolle es sichergehen, dass sie auch folgt. Sorgsam den Abstand wahrend geht Isabel behutsam hinterher.

Was ihr das lichtvolle Glitzern wohl zeigen will? Sie wird immer neugieriger, aber auch sicherer, dass dem so ist.

Ah, jetzt bleibt es stehen ... ob sie wohl näher kommen darf? Ganz achtsam verringert sie den Abstand und fühlt plötzlich eine Wärme, die sie dem kleinen Lichtchen gar nicht zugetraut hätte. Doch was will es ihr zeigen??

Es tanzt über der Stelle hinter dem großen Kirschbaum. Dort hatte sie im vergangenen Herbst den ganzen Astschnitt niedergelegt, in der Hoffnung damit einen Unterschlupf für kleinere Tierchen anzubieten ... vielleicht für den Igel, den sie letztes Jahr durch den Garten tappern sah ... ja, es war genau die Stelle, doch was will dieses zauberhafte Licht ihr dort zeigen?

Es fliegt ... fliegt? Kann man das überhaupt so nennen? Wie auch immer, es bewegt sich tiefer und tanzt aufgeregt hin und her.

Isabel traut ihren Augen kaum, als sie in zwei dunkle Augen schaut, die sie vertrauensvoll anblicken: das wirklich sehr sehr kleine Kätzchen mit diesen wunderbaren Augen bleibt still liegen, es zeigt keinerlei Angst.

23

Isabel scheint es, als sei es sich ganz sicher, dass das Glitzerlicht nur gutes, hilfreiches herbeiführen kann.

Während das Katzenjunge sie weiter mit diesen ruhigen wissenden Augen beobachtet, streicht Isabel ein paar der hochgewachsenen Grashalme an Seite, damit sie das Tierchen besser betrachten kann. Oh weh, das linke Hinterbeinchen scheint irgendwie verdreht zu sein, so dass das Kätzchen wohl Schwierigkeiten beim Laufen haben dürfte.

Sie lässt es an ihrer Hand schnuppern und das Kleine schnurrt leise vor sich hin. So schnell kann man Freundschaft schließen.

Behutsam streicht Isabel ihm über das weiche Fell … es schnurrt noch tiefer. Was für ein grenzenloses Vertrauen es hat!! Es zeigt keine Angst … das Licht schwebt direkt über ihm und strahlt eine totale Ruhe aus. Behutsam legt Isabel das Kätzchen frei und hebt es aus seinem Unterschlupf … mit dem Licht über ihnen beiden. Isabel fühlt sich wundersam berührt.

Sie nimmt das kleine Lebewesen mit zurück zu ihrem Sitzplatz und legt es auf die weichen Polster. Bis zur Küche sind es nur ein paar Schritte und sie holt schnell eine kleine Schüssel und etwas Milch.

Das Glitzerlicht wacht derweil über dem kleinen Schutzbefohlenen. Gierig schleckt das winzige Kätzchen den Napf aus, den Isabel sogleich wieder auffüllt.

Na, da ist aber jemand wirklich hungrig!

Welchen Namen soll sie ihr geben? Dieses hübsche schwarze Kätzchen mit dem silbrigen Fleck auf der Stirn kann sie einfach nur *Silberlicht* taufen. So erinnert ihr Name auch gleich an das Glitzerlicht, das wie eine Seele ganz eng mit ihr verbunden scheint.

In dem Moment als sie ihren Namen bekommt, verschwindet das Glitzerlichtchen, oder besser gesagt: es ist für Isabel nicht

24

mehr sichtbar. Demnach scheint sie erwartungsgemäß gehandelt zu haben.

Ihre neue kleine Freundin macht einen satten Eindruck und sie versucht auf ihren Schoß zu krabbeln und dabei kann Isabel gut sehen, wie verdreht ihr Hinterbeinchen gewachsen ist. Die Fortbewegung klappt, ist aber nur langsam möglich. So ist ein Überleben in der Natur allein auf sich gestellt wohl nicht möglich. Sie würde glatt verhungern.

Durch den kleinen Körper, der sich an Isabel kuschelt, spürt sie seine Dankbarkeit und Liebe.

Isabel ist erfüllt von ihren Gefühlen und ihr kommen Tränen der Rührung. Ja, so ein Liebesbringer ist doch von Herzen willkommen … wer kann da *nein* sagen? Ihre Gedanken fliegen weiter … wer hat denn gerade so viel Liebe nötig? ... Im Moment will ihr niemand einfallen, aber Isabel vertraut darauf, dass die Lösung kommen wird.

Genau in diesem Augenblick klingelt ihr Telefon.

## Überraschende Antworten

Lange braucht sie nicht zu überlegen, wer wohl am besten für diesen Job als Haushaltshilfe in Frage kommen könnte ... Isabel!! Der Gedanke war ihr ja schon bei Tanja gekommen. Die Leitung ist frei, Florine schenkt sich einen Kaffee ein, schiebt die Unterlagen, die sie gerade bearbeitet an Seite und freut sich auf Isabels Stimme.

„Hallo Florine, wie schön von dir zu hören, wie geht's? Was gibt's?"

„Isabel, hallo! Ja hast du denn jetzt schon hellseherische Qualitäten erlangt??"

„Ich arbeite dran, aber ehrlich gesagt - ich habe deine Nummer auf dem Display gesehen", lacht diese. Isabel ist immer gut drauf und ihre besondere Qualität ist, dass sie gleich zur Sache kommt.

„Alles klar! Cool ist, dass du schon weißt, dass ich dich tatsächlich brauche!" freut sich Florine.

„Isabel, ich brauche eine Haushaltshilfe für eine Mutter mit drei Kindern, eines ist schwer erkrankt, sie ist berufstätig, der Vater überfordert untergetaucht. Die zwei jüngeren Geschwister habe ich bereits kennengelernt, ganz liebe Mädels. Doch die Mutter hat grad keinen Sinn für die beiden. Nicht für die, nicht für den Haushalt, für nichts. Die kranke Katinka liegt noch im Krankenhaus, die Diagnose lautet fast zuverlässig Leukämie. Wann die Kleine nach Hause kommen wird, ist noch unklar. Du bist mir gleich eingefallen. Ich glaube, dort könntest du mit all deinen Gaben und deinem Wissen einiges bewirken!"

„Na, das klingt als wäre hier wirklich Unterstützung nötig. Wann ist der Einsatz geplant?"

„Noch ist nix geplant. Das hier ist noch nicht einmal beantragt. Du kennst doch Adèle, die liebe alte Dame aus meiner Straße."

„Ja, klar, wir haben doch schon mit ihr Kaffee getrunken", erinnert Isabel.

„Ja, genau die. Sie hat sich gekümmert, ihre Kontakte genutzt und mich angesprochen, um Tanja Boennke, so heißt die junge Mutter, möglichst schnell zu helfen."

„Prima, Menschen, die mitdenken und sich einsetzten … davon brauchen wir noch mehr!!" antwortet Isabel begeistert.

„Halt mich auf dem Laufenden, momentan kann ich jederzeit einen Einsatz möglich machen."

Die beiden tauschen sich noch kurz aus, bis Florine das Gespräch beendet, da das andere Telefon schellt und ihre Arbeit ruft.

26

Isabel ist vollkommen überwältigt. So schnell kommen die Antworten!!

Das Kätzchen ist ganz offensichtlich für die kranke Katinka bestimmt! Für wen sonst?

## Traurige Katinka

Morgens vermisst Katinka ihre Kraft am meisten.

Ich wäre so gern jetzt auch in der Küche bei den anderen, denkt sie, als sie das Geschnatter ihrer Geschwister aus der Küche hört.

Sie weiß schon, dass es einfach zu anstrengend für sie ist. Die Mama muss sie dann immer wieder ins Bett tragen, weil ihr Körper nicht so lange sitzen kann. Und dafür hat die Mama einfach keine Zeit, weil sie ja zur Arbeit muss.

Dabei ist es so schön, wenn die Mama sie im Arm hat. Die Mama hat aber keine Zeit, auch nicht für ein wenig Kuscheln oder einen Gutenachtkuss. Den vermisst sie schon sehr, aber die Mama ist meist irgendwo bei den beiden Kleinen eingeschlafen und kommt erst, wenn Katinka schon schläft. Und die Mama schaut sie immer so an, da hat Katinka das Gefühl, dass sie schuld an allem ist. Vor allem, dass die Mama es jetzt so schwer hat. Und dass der Papa weg ist. Den vermisst sie auch ganz doll.

Die Augen von der Mama mag sie deshalb gar nicht mehr ansehen, denn dann fühlt sie sich ganz schwer. Am besten gefällt es ihr im Bett, da muss sie nichts sehen, was sie kennt und was sie dann traurig macht. Da kann sie weinen, weil sie die meiste Zeit alleine ist und das ist schon anstrengend genug.

Mama hat „Tschüss" gerufen. Im drei Stunden Rhythmus kommt sie immer heim und dazwischen besucht sie eine Frau vom Pflegedienst und gibt ihr was zu essen oder geht mit ihr

27

aufs Klo. Katinka schläft traurig wieder ein, als es ruhig wird und alle weg sind.

*Die arme Kleine! Aber es ist gut so wie es jetzt ist!*
*Alles läuft nach Plan.*
*Mal schauen wann sie mich hören oder sehen wird,*
*denkt Katinkas Engel*

## Fragen über Fragen

Eigentlich ist es schon zu spät, um sich noch mit dem Antrag für die Bewilligung einer Haushaltshilfe zu beschäftigen. Tanja hat einen anstrengenden Tag hinter sich und ist todmüde. Genau diese Müdigkeit ist es aber, die sie motiviert, den Antrag endlich zu stellen. Sie braucht unbedingt Unterstützung, allein ist das alles nicht mehr zu schaffen. Zu ihrem vollen Tagesplan sind die vielen Termine für Untersuchungen und Krankenhausaufenthalte mit Katinka gekommen und die Tage haben einfach nicht genug Stunden um das Nötigste zu erledigen. Tanja rafft sich auf und greift nach den Unterlagen, die Florine schon für sie vorbereitet hat. Wie wunderbar, es fehlt tatsächlich nur noch ihre Unterschrift.

'Das hat Florine aber gut vorbereitet', geht es Tanja durch den Kopf während sie unterschreibt und eine Briefmarke auf den Umschlag klebt.

„Was könnte denn eine Haushaltshilfe hier tun?" Schnell wird ihr klar, dass diese idealerweise den kompletten Haushalt schmeißt. Ihre Urlaubstage sind aufgebraucht und unbezahlten Urlaub kann sie sich nicht leisten, da sie das Geld braucht, um die Miete zu zahlen.

Das wird auch für die Kinder eine Umstellung werden, aber es geht einfach nicht anders. Hoffentlich ist die Hilfe nicht so herrisch, wie ihre Mutter ... Tanja fühlt sich etwas mutlos angesichts der zusätzlichen Herausforderung, sich auf eine

28

fremde Person hier in ihrer Wohnung einlassen zu müssen. Ihre Augen füllen sich wieder mit Tränen, den Kopf auf den Armen, sitzt sie am Tisch und ruft sich die letzten Wochen wieder in Erinnerung.

Wieder und wieder geht sie das Szenario durch. Noch immer ist es für sie unfassbar. Ihre große Maus ... Katinka ... Tanja sieht sie noch als sie auf die Welt kam ... und das ist erst sechs Jahre her. So viel ist seitdem passiert. Was hat sie für Hoffnungen für das kleine Würmchen gehabt, das damals in ihren Armen lag.

Und nun? Scheint alles dahin.

Erst ist Katinka so unfassbar müde gewesen. Tanja selbst war das gar nicht aufgefallen. Frau Segtmeier, Katinkas Lehrerin, hatte Katinka einen Zettel mitgegeben und um ein Gespräch gebeten. Energisch hatte die Lehrerin darauf hingewiesen, dass Katinka wohl eindeutig zu wenig Schlaf habe, da sie mitten im Unterricht einschlafen würde und sie als Mutter habe darauf zu achten, dass das Kind ausreichend Schlaf bekomme, nicht zu lange fernsah und und und.

Kleinlaut hatte Tanja die Rüge über sich ergehen lassen und daraufhin Katinka zur Rede gestellt.

Doch diese hatte sie nur mit müden Augen angesehen und gesagt:

„Mama, sei nicht böse, ich will mir Mühe geben."

Kurz danach bekam Katinka Infektion nach der anderen. Erst hatten alle drei Kinder die Magen-Darm-Grippe, dann ging eine Grippewelle durchs Land, von der nicht nur die Kinder, sondern natürlich auch sie selbst betroffen war.

Alle waren schlapp, erholten sich aber so allmählich wieder.

Bis auf Katinka. Nun doch etwas beunruhigt stellte sie ihr Kind dann nochmal beim Kinderarzt vor. Genau dort brach Katinka zusammen, wurde nach einer kurzen Untersuchung

29

direkt ins Krankenhaus eingewiesen und mit dem sofort herbeigerufenen Krankenwagen ins Kreisklinikum gefahren.

In Tanjas Ohren hallt immer noch der Klang der Sirenen. Warum passierte ihr nur so was Schlimmes??? Das alles liegt nun schon fast zwei Wochen zurück und es ist nicht der einzige Krankenhausaufenthalt für Katinka geblieben.

Erst jetzt scheint die Diagnose Blutkrebs sicher, wobei Tanja sich zwischendurch fragt, wie denn Blut Krebs bekommen kann und daher lieber von Leukämie spricht, da sie das Wort als nicht so bedrohlich empfindet.

Das Telefon schellt.

Tanja zuckt zusammen. Sie reißt sich aus ihrer Erinnerung, die Tränen rollen ihr noch über ihr Gesicht.

„Genug gejammert!", ermahnt sie sich und meldet sich.

„Tanja! - Du musst sofort herkommen! Es geht mir gar nicht gut und ich finde meine Tabletten nicht!"

Wenn Mutter in dem Ton mit ihr spricht, gibt es kein Entkommen.

Noch einmal tief durchgeatmet und Tanja antwortet ergeben: „Ja, Mutter, gib mir eine halbe Stunde und ich bin bei dir", in der Hoffnung, wenigstens noch schnell die Waschmaschine anstellen zu können. Die Kinder schlafen zum Glück schon.

Sie weiß, dass das Suchen der Tabletten eine ganze Weile in Anspruch nehmen wird. Das tut es immer.

„Mir wäre es lieber, du würdest sofort kommen!", bestimmt Gerda ungnädig, so wie sie es gewohnt ist.

Da würde die Wäsche also bis morgen warten müssen, da es nachher zu spät sein würde, die Maschine anzustellen. Andere Mieter im Haus hatten sich schon über den häufigen nächtlichen Lärm beschwert.

Seufzend steht Tanja auf, schaut kurz in die Kinderzimmer, greift ihre Schlüssel und fährt durch die Stadt zu der Woh-

30

nung ihrer Mutter. Vor der Wohnung wirft sie noch schnell den Brief mit dem Antrag ein.

'Wenigstens das habe ich noch erledigt', denkt sie erleichtert.

## Die innere Stimme

Irgendein Geräusch hat sie geweckt. Katinka weint. Ihr Gesicht ist von Tränen ganz nass, sie schluchzt noch einmal.

Da ist es wieder. Dieses seltsame Klingeln, es ist wie ein winzig kleines Glöckchen.

Sie versucht sich zu konzentrieren, um herauszufinden aus welcher Richtung es kommt. Komisch, es kommt von überall. Sie schaut nach rechts, dann wieder nach links. Es kommt auch von der Decke oder doch vom Bettende? Mal ist es wie von unten, unterm Bett.

Seltsam jetzt ist es, als wäre es in ihr drin.

Dort innen drin kann sie es am besten hören. Tatsächlich hört sie es dort super klar. Es fühlt sich gut an.

Beruhigt schluchzt Katinka noch einmal ganz tief und begleitet von dem leisen wunderschönen Klingeln des Glöckchens schläft sie langsam wieder ein.

*Oh, fein, das hat ja funktioniert,*
*freut sich Katinkas Engel.*
*Katinka kann mich hören und reagiert. Mein*
*heller Ton hat sie beruhigen können. Ihr Traum*
*ist so bedrückend gewesen, dass sie weinen*
*musste. Mein feiner Ton durchdringt alles und*
*löst ihren Traum auf und ihr Bewusstsein*
*forscht, sucht, hört und verfolgt mein Klingen.*

31

## Austausch im Café Blümchen

An diesem Vormittag hat Florine keine wirkliche Lust zu arbeiten, doch manchmal gibt es unerwartete Überraschungen. Auf ihrem Handy erscheint eine SMS von Tanja, in der sie schreibt, dass die Genehmigung des Antrags für eine Haushaltshilfe schon eingetroffen ist.

Dieser Fall ist für Florine eine Herzenssache und so ist sie ganz schnell voller guter Laune wieder im Tun. Sie antwortet Tanja, dass sie sich weiter kümmern wird.

Isabel erreicht sie leider telefonisch nicht, hinterlässt ihr aber eine Nachricht, mit der Hoffnung auf ein Treffen um halb fünf im Café Blümchen, das direkt in der Innenstadt liegt. Danach fliegt ihr die Arbeit nur so von der Hand. Kurz vor vier erhält sie eine WhatsApp von Isabel mit der begeisterten Bestätigung ihres Vorschlags.

Das Café Blümchen ist ein kleines gemütliches Café, ein paar Schritte hinter der Fußgängerzone und fast schon im Schlosspark gelegen. In einer der lauschigen Eckchen hat Isabel schon einen Platz gefunden und freut sich auf den kommenden Austausch mit Florine.

Florine ist ihr in der Zeit, in der sie sich kennen, sehr ans Herz gewachsen. Sie ist eine starke, engagierte Frau, auch wenn ihr zarter Körperbau nicht darauf schließen lässt. Was sie sich einmal in den Kopf gesetzt hat, führt sie auch durch und nimmt zur Unterstützung gerne das Potential ihrer vielfältigen Freunde in Anspruch.

Entsprechend gespannt ist Isabel, ob es sich jetzt um den Einsatz in der Familie mit dem kranken Kind handelt.

„Café Blümchen als Treffpunkt spricht in jedem Fall für ein schönes Treffen", lächelt sie in sich hinein.

Leise bimmelt die Eingangstüre, Florines grüne Augen suchen die Tische ab. Freudig begrüßen die beiden einander.

32

Nachdem Melinda ihnen zwei dampfende Tassen Tee gebracht hat, kommt Florine gleich zur Sache.

„Wie du sicher schon vermutet hast, geht es um deinen Einsatz bei der jungen Frau mit den drei Kindern, von denen eines an Leukämie erkrankt ist. Heute morgen kam ihre SMS, dass sie die Bewilligung erhalten hat."

„Prima! Wann soll es los gehen?"

„Ja, wann du Zeit hast. Tanja ist offen für alles und freut sich sehr darauf dich, kennen zu lernen. Hier ist ihre Telefonnummer, dann kannst du alles weitere mit ihr besprechen." Florine reicht ihr den Zettel rüber.

„Übrigens hat Adèle mich gestern noch mal angerufen. Sie hat Tanja und die Kinder noch einmal besucht. Nach ihrer Einschätzung geht Tanja sozusagen auf dem Zahnfleisch, sie sähe total müde und fertig aus und schaffe es auch nicht mehr angemessen, auf die beiden kleinen Kinder zu reagieren. Katinka, das ist das kranke Mädel, ist derzeit für eine Behandlung im Krankenhaus und kommt in wenigen Tagen wieder heim. Dann käme dein Einsatzbeginn ja zur passenden Zeit!"

„Es scheint, als stünde Tanja vor einer wirklich großen Herausforderung, bei der sie erst mal grundlegende Hilfe benötigt. Ich werde tun, was ich kann und schauen, was mir sonst noch so einfällt", überlegt Isabel. „Entlastung braucht sie wahrscheinlich auf allen Ebenen. Mir kommen noch ganz viele Ideen, wie ich ihr sonst noch was Gutes tun könnte. Aber das darf noch einen Moment lang warten und sich mit weiterem Inhalt füllen lassen. Wichtig wäre tatsächlich jetzt ein erstes Beschnuppern und fühlen, ob die Chemie zwischen uns beiden und auch den Kindern stimmt."

„Ja, perfekt, genau das ist jetzt dran!!"

„Dann ruf ich sie gleich nachher an", dabei streicht sie den Zettel mit Tanjas Telefonnummer glatt und legt ihn auf den Tisch.

„Und wie geht es dir denn sonst?", lacht Florine und schon sind die beiden mitten im Plauschen.

## Engel

Für die Kinder hat Isabel kleine Stoffengel besorgt, die diese ganz begeistert an sich drücken. So ist die Hemmschwelle schnell überschritten und Clarissa und Maline haben schon Vertrauen gefasst. Währenddessen hat Tanja ein paar Knabbereien auf den Tisch gestellt und Katinka geholt.

Das Mädchen ist zu schwach, um selbst zu gehen und wird von ihrer Mutter getragen. Ihr Blick ist etwas verschlossen und sie scheint nicht begeistert über den abendlichen Besuch einer ihr unbekannten Frau. Tanja hatte die Kinder auf den Besuch vorbereitet und erklärt, dass, so lange der Papa nicht da sei und die Mama so viel arbeiten müsse, eine nette Frau käme, die dann kocht, putzt und die Mädels auch schon mal vom Kindergarten abholen würde.

Na, eine Frau, die Geschenke mitbringt, ist okay. Die beiden Kleinen sind schon zufrieden und spielen mit den neuen Stoffpüppchen.

Katinka fühlt sich offensichtlich nicht wohl und kann die Situation noch nicht einschätzen. Sie hält ihr Geschenk eher lustlos in der Hand. Als Isabel sie mit ihrer weichen mütterlichen Stimme fröhlich begrüßt, entspannt sich Katinkas Gesicht gleich ein wenig.

„Kennst du Lilli Hexenberg?", testet Katinka sie.

Prompt ruft Isabel „Lilli!!" genau im Tonfall von Lillis Mama und Isabel hat damit schon direkt Katinkas Sympathie gewonnen.

34

„Ich wette, du hast einige von den Lilli Hexenbergs CDs, oder?", fragt Isabel nach. Katinka nickt:

„Ja, ein paar, aber nicht viele."

Dann hält sie das Stoffpüppchen in ihrer Hand fragend hoch. „Soll das ein Engel sein?"

„Es hat Flügel", antwortet Isabel zwinkernd.

„Ja, was soll ich mit einem Engel?", fragt Katinka erstaunt.

„Engel können uns helfen."

„Wie denn?"

„Sie hören zu, wenn wir ihnen erzählen, was uns Angst oder Sorgen macht. Sie können uns auch schon mal weiterhelfen, ohne dass wir es merken."

„Das ist ein Stoff-Engel!", betont Katinka und blickt Isabel herausfordernd an.

„Ich weiß", lächelt Isabel sie an und fährt fort: „Er kann dich einfach an die echten Engel erinnern. Die hören nämlich immer mit!"

Katinka denkt einen Moment nach, schaut Isabel von unten herauf nachdenklich an und nickt dann:

„Okay … Danke!"

Tanja meint, sie müsse jetzt aber die Kinder ins Bett bringen und ob Isabel warten wolle. Isabel nickt und die Kleinen rufen dazwischen, dass Isabel unbedingt mit in ihr Zimmer kommen soll. So lernt sie gleich die Wohnung kennen und eine Stunde später sitzen die beiden Frauen wieder im Wohnzimmer. Nicht nur die Kinder mögen Isabel, auch Tanja und Isabel finden einander sympathisch.

Gemeinsam entwickeln sie einen Plan, wie es mit Isabels Hilfe weitergehen kann und vereinbaren, dass Isabel nach Katinkas nächstem Krankenhausaufenthalt starten wird.

# Erste Hilfe

Ausgeglichen und entspannt sitzt Isabel nach ihrem Morgenprogramm im Bademantel mit einer Tasse Tee auf ihrer kleinen Terrasse. Die Morgensonne wärmt sie ausreichend, so dass die Wolldecke heute gar nicht nötig ist. Zuvor hat sie verschiedene Blättchen von ihren Pflanzen und Kräutern gezupft, um sich daraus diesen köstlichen Morgentee zu bereiten. Jeden Morgen ein neuer Genuss und der Moment, sich kurz in den kommenden Tag hineinzufühlen. Ihr ist klar, dass die anstehende Aufgabe im Hause Boennke schon anstrengend werden könnte. Doch sie weiß auch, dass sie es hinkriegen wird, da sie nie allein unterwegs ist. Diese Familie zu begleiten, wird ihr auf jeden Fall Freude bereiten.

Sie holt sich das erste Treffen in der vergangenen Woche zurück in ihre Erinnerung. Die Chemie stimmt! Mit Tanja und mit den Kindern! Tanja hatte sich viel Mühe gegeben, offen und freundlich zu wirken, aber die Anspannung war ihr anzumerken. Schließlich ist es nicht einfach, eine fremde Person ins Haus zu lassen und ihr Einblick in das eigene Privatleben zu gewähren.

Doch da muss Tanja wohl durch, wenn sie nicht an der ganzen Aufgabe scheitern will. Immerhin hat Isabel sie mit einigen Sätzen zum Lachen bringen können und der anfängliche Knoten war schnell geplatzt.

Nun gut, Tanja hat sich für heute Vormittag wieder frei nehmen müssen, da sie Katinka aus dem Krankenhaus abholen muss. Sie wird vorher mit Isabel durch die Wohnung gehen und ihr alles zeigen, was zu tun ist. Vielleicht bleibt danach auch noch Zeit für ein gemeinsames Mittagessen.

Mit Katinka ist schon alles besprochen worden, auch, dass sie, falls die Zeit knapp werden würde, direkt mit Isabel allein sein würde. Gedanklich schickt Isabel noch viel Licht

36

und Liebe in diesen Tag und steht auf, um sich fertig zu machen.

Eine Stunde später steht sie neben Tanja und lässt sich die Bedienung der Waschmaschine erklären, als Tanjas Telefon schellt. Die diensthabende Ärztin der Kinderonkologie ist am Apparat und teilt ihr mit, dass Katinka gerade zum Augenarzt gebracht wurde.

Weinend habe sie heute morgen dem Pfleger erklärt, dass sie nichts mehr sehen könnte. Alles sei dunkel und sie habe solche Angst.

Tanja sackt auf den Hocker und gibt den Hörer an Isabel ab.

„Wir können das Kind natürlich jetzt nicht entlassen und wir werden Sie informieren, sobald Katinka wieder auf Station ist. Dann können Sie schauen, wann Sie kommen können."

Damit legt die Ärztin eilig auf.

Isabel hält kurz inne, blickt auf Tanja, die ganz blass ist und mahnt nur:

„Atmen, atme tief durch!! Das ist ganz wichtig jetzt!"

Tanja gibt sich alle Mühe, doch vor ihren Augen schwimmt alles. Sie schwankt auf dem Stuhl. Isabel deutet ihr, sich auf den Boden zu legen und bettet ihre Beine auf dem Hocker.

Allmählich stabilisiert sich Tanjas Atem. Sie weint. Sie kann nicht mehr. Isabel hält ihre Hand und fühlt mit ihr.

So verharren sie eine Weile.

Gemeinsam.

Das alleine tut Tanja schon gut.

Irgendwann richtet sie sich auf. Isabel fragt nach ihrem Hausarzt und gemeinsam kommen sie zu dem Schluss, dass es gut wäre, wenn Tanja ein paar Tage zu Hause bleiben könnte, um Kraft zu tanken.

Die Krankmeldung für die nächsten drei Tage werfen sie auf dem Weg zum Krankenhaus in den Briefkasten.

Tanja geht es etwas besser, sie fühlt sich stärker, da sie Isabel als Stütze wahrnehmen kann.

# Ein Traum

Katinka schläft. Man hat ihr ein leichtes Beruhigungsmittel geben müssen, da sie solche Angst hatte und so schrecklich weinen musste. Ihr Gesichtchen ist noch ganz rot und ihr ist die Erschöpfung anzusehen.

Tanja sinkt auf den nächsten Stuhl und ist Isabel dankbar, als diese ihr die Hand auf die Schulter legt.

„Was fordert dieses Kind noch von mir?", flüstert Tanja.

Isabel sagt nichts, streichelt nur ihre Schultern. Die Ärztin hat sie informiert, dass der Grund für die Erblindung medizinisch noch nicht nachvollziehbar sei. Es würden weitere Untersuchungen anstehen, aber es sei wohl tatsächlich besser, damit noch ein paar Tage zu warten. Vielleicht sei es eine gute Idee, das Kind mit nach Hause zu nehmen bis es sich emotional etwas stabilisiert habe, um dann weitere Termine zu machen, die dann auch ambulant erfolgen könnten.

Das bedeutet immerhin etwas Entzerrung, fühlt Isabel und zieht sich den anderen Stuhl heran.

Derweil träumt Katinka von einem sonnigen Tag, den sie mit ihren Eltern und Geschwistern an der See verbringt. Die Sonne scheint, alle lachen und sind vergnügt. Ganz plötzlich zieht ein schwerer Sturm auf, dunkle Wolken verhüllen die Sonne, das Wasser peitscht auf den Sand. Katinka hält sich die Augen zu und wirft sich auf den Boden, ist wie gelähmt vor Angst. Es blitzt mehrfach, dem folgt ein Angst einflößendes Donnergrollen. Katinka schreit auf.

Von ihrem eigenen Schrei wird Katinka wach. Auch Tanja und Isabel stehen vor Schreck kerzengerade am Krankenbett.

38

Tanja greift wortlos nach Katinkas Hand, was diese zusätzlich erschreckt und das Kind schreit und schreit und weint.

Die Türe wird kurz danach aufgerissen und zwei besorgte Krankenschwestern stürmen herein, fühlen nach Katinkas Puls und versuchen sie zu halten.

Mitten in diesem Tumult fängt Isabel leise an zu singen, sie singt in einer Sprache, die keiner versteht.

Die Energie im Raum, verdichtet von Angst und Sorge, wird lichter, als würden Engel mit ihrer Leichtigkeit des Flügelschlagens den Raum beleben. Eine unbeschreibliche Ruhe senkt sich mit einem Mal über den Raum.

Erstaunt halten alle inne.

Die hektische Stimmung legt sich urplötzlich. Alle atmen tief durch, kommen wieder zu Sinnen. Auch Katinka hört auf zu schreien und fragt in die Stille:

„Mama? Bist du da?"

Fast unhörbar ist das „Ja" von Tanja.

„Ich bin da und halte deine Hand!"

Dann nimmt sie ihr Kind in den Arm und beiden weinen erleichtert.

## Eine belastende Zeit

Die nächsten Tage sind für alle sehr anstrengend. Katinka weint oft. Sie schläft zwar viel, aber träumt schlecht und kommt mit der neuen Situation überhaupt nicht klar. Noch vor einer kurzen Weile stand sie regelmäßig mit ihren Geschwistern morgens auf, um dann in die Schule zu gehen, mit ihren Freundinnen zu spielen und Spaß zu haben. Jetzt liegt sie da im Dunkeln, traut sich nicht aufzustehen, weil sie ihren Weg nicht findet, vor alles rennt und sich weh tut. Dann weint sie wieder, wird traurig, unglücklich, fast depressiv, und kaum ansprechbar.

Tanja kann das alles nicht mehr mit ansehen, so dass sie nach den drei freien Tagen lieber arbeiten geht. Sie ist zumeist schon aus dem Haus, bevor Katinka wach wird und fühlt sich unfähig, sich ihr zu nähern. Wie in Trance lebt sie, erledigt ihren Job, bringt den Einkauf mit und tut, was Isabel ihr nicht abnehmen kann.

Die beiden jüngeren Geschwister schauen oft nach Katinka, wissen aber nicht, was sie tun oder sagen sollen, um sie wieder lachen zu hören. Manchmal streicheln sie ihr über die Hände oder das Gesicht, merken dann aber nicht, dass Katinka geschlafen hatte und von der Berührung erschreckt wird. Dann reagiert Katinka unwirsch und schimpft.

Isabel fliegt wie ein fleißiger Schmetterling von Blume zu Blume. Fast wie nebenbei erledigt sie den Haushalt, kocht, wäscht und putzt. Trotzdem ist sie in Stressmomenten immer am rechten Ort - beruhigend, erklärend, schlichtend und – ja fast leuchtend. Ein Segen für diese Familie.

Die Stimmung im Haus ist unausgewogen, bestehend aus Traurigkeit, Stille und Angst auf der einen Seite und seltenem Lachen und liebevollen Worten auf der anderen Seite, meist aus Isabels Mund.

Isabel fragt sich, ob ihr Einsatz wirklich ausreichen wird, um die Situation in eine Balance zu bringen. Noch steht der Termin für weitere Untersuchungen an Katinkas Augen nicht einmal fest.

Still sitzt sie im Wohnzimmer, Tanja ist noch nicht zu Hause, die Kinder schon im Bett. Sie bittet die geistige Welt um Lösungen, wie sie weiter vorgehen könnte. Wenn sie die Sichtweise einer Person in diesem Gefüge verändern könnte, würden sich zwangsläufig auch die anderen anpassen. Katinka erscheint ihr dafür die erste Wahl. Das Kind aus seinem Gefängnis zu führen und seine Lage etwas zu lindern wird Entspannung für alle bedeuten.

40

Sofort steht sie auf, setzt sich ganz leise in Katinkas Zimmer und ist einfach ganz bei ihr, äußerlich, aber auch innerlich, mit ihren Gedanken. Nach einer Weile hörte sie, wie Katinka sich tief seufzend umdreht und weiter schläft.

Im Flur dreht sich Tanjas Schlüssel im Schloss. Isabel lässt Katinkas Zimmertür leicht offen stehen und begrüßt Tanja ganz liebevoll.

„Sie schläft ganz ruhig", teilt sie Tanja mit und weist auf Katinkas offene Tür.

„Vielleicht magst du ja gleich noch kurz reingehen ...", macht sie Tanja noch Mut.

„Du, Tanja, ich hab alles, was heute los war, aufgeschrieben. Der Zettel liegt, wie immer, auf dem Küchentisch. Ich bin morgen wieder da." Damit ist Tanja allein.

Tanja legt ihre Sachen ab, schaut in den Kühlschrank.

„Oh, diese wunderbare Seele schafft es immer wieder, Leckereien für mich zurück zu legen", murmelte sie müde vor sich hin und fühlt ein ungewohntes Gefühl im Herzen. So warm und wohltuend. Sie greift den Teller mit den belegten Broten, setzt sich an den Tisch und geht die Post und Isabels Zettel durch. Auf dem Tisch steht noch eine Thermoskanne mit frischem Tee.

„Dieser Tee ist ein Genuss", denkt sie und überlegt welche Sorte es wohl sein könnte. Kennen tut sie ihn nicht.

Tanja muss plötzlich an Isabels letzten Hinweis denken.

„Ja, stimmt", sagt sie sich und steht auf, „ich sollte mir die Zeit nehmen und noch bei Katinka reinschauen."

Auf Zehenspitzen schleicht sie sich in Katinkas Zimmer und setzt sich auf den Sessel direkt am Bett ihrer Tochter. Ihre Blicke schweifen durch den Raum. Sie hat ihn eigenhändig tapeziert, und auch die wunderschönen Vorhänge genäht. Katinkas gemalte Bilder hängen an den Wänden, das Zimmer ist ordentlich aufgeräumt.

41

„Wann Isabel das wohl alles noch gemacht hat", fragt sie sich. Auf dem Nachttisch-Schränkchen steht eine Schnabeltasse, direkt neben dem schönen Lämpchen, dass mit seinem matt diffusen Licht Katinkas Bett ganz leicht beleuchtet.

Ihre große Maus schläft tief und fest. Dieses fröhliche, selbstbewusste Kind, was hatte es getan um eine solche Krankheit zu bekommen?

Was hatte sie selbst falsch gemacht?

Warum? Warum?

Immer diese Fragen, die dauernd durch ihren Kopf schwirren und alles so schwer machen.

Wie soll das alles weitergehen?

Wo soll es enden?

Ihr wird plötzlich schwindelig. Sie schließt die Augen und atmet tief durch.

„Das tut gut!", denkt sie noch. Einige Stunden später erst wird sie wach und verlässt leise wieder den Raum.

Doch wer nicht gut sieht lernt umso besser zu hören. Katinka nimmt die leisen Geräusche wahr und ahnt wer sie besucht hat.

„ ... und wieder hat die Mama mir keinen Gutenachtkuss gegeben", denkt sie noch traurig und schläft wieder ein.

42

# Ratlosigkeit

Es ist, als ob Tanjas nächtlicher Besuch bei Katinka etwas bewegt hätte, denn am frühen Morgen klingelt endlich das Telefon.

Die Ärztin der Kinderonkologie erkundigt sich nach Katinkas Befinden und fragt, wann Tanja Zeit habe, um in die Klinik zu kommen. Schnell ist ein Termin vereinbart, Isabel informiert und Tanja auf dem Weg. Ihre Vorfreude auf eine entspannende und auflösende Wendung ihrer aktuellen Lebensdramatik lässt sie die Klinik beschwingt betreten. Die Ärztin erwartet sie schon, was Tanja als gutes Zeichen betrachtet.

Isabel ist gerade in Katinkas Zimmer, als ihr Telefon klingelt. Tanja ist kaum zu verstehen, so sehr weint und schluchzt sie.

„Guten Tag", sagt Isabel einfach nur und streichelt Katinka liebevoll über den Arm und verlässt ganz ruhig den Raum.

„Tanja, versuch doch erst mal dich zu beruhigen. Atme ganz tief und regelmäßig ein! So kann ich dich nicht verstehen", versucht sie Tanja zu beruhigen.

„ Es gibt bestimmt Lösungen, was auch immer passiert ist."

Tanja holt tief Luft, sie ist fix und fertig. Immer wieder laut schluchzend erzählte sie von dem Gespräch mit der behandelnden Ärztin.

„Die Ärztin war ... sehr freundlich ..., aber die können nichts tun. Ich soll ... das akzeptieren, sie wissen nicht, ... sie wissen nicht ... was sie für mein Kind tun können, damit es wieder sehen kann." Tanja fängt wieder an zu weinen.

„Schschtt", macht Isabel, „ganz ruhig, Tanja!! Es gibt immer Lösungen. Immer!!"

„Hat sie was zur Leukämie-Behandlung gesagt?"

„Ja, Katinka muss in einer Woche wieder ins Krankenhaus und dann geht es im vier Wochen Rhythmus los … mit der … Behandlung. Mehr nicht."

„Okay, dann solltest du unbedingt noch mal mit ihr sprechen und Zusatzunterstützung wegen der Erblindung anfordern. Psychologische Hilfe, fachliche Anleitungen zur eigenständigen Orientierung, und so weiter – Katinka muss wieder ins Leben zurück – hier und auch in der Zeit, die sie im Krankenhaus verbringen soll! Das ist total wichtig!! Schaffst du das noch?"

Isabel spricht etwas energischer, um Tanja aus ihrer aktuellen Gemütsverfassung zu holen. Diese antwortet ihr tatsächlich, wenn auch ziemlich unsicher:

„Ich weiß nicht, ich … versuch´s."

Isabel macht ihr Mut:

„Du schaffst das! Es geht um dein Kind!!"

„Hmm", antwortet Tanja und legt auf.

Isabel atmet tief durch und wählt Florines Nummer. Sie wartet die Ansage ihres Anrufbeantworters ab und spricht auf das Band:

„Hallo Florine, kannst du bitte abklären, welche von der Krankenkasse finanzierten Möglichkeiten es gibt, um zeitnah Katinkas psychischen Zustand zu verändern? Ich denke da vor allem an eine bestimmte Kinderpsychologin, … ich habe ihren Namen vergessen … sie war auf unserem letzten Netzwerktreffen, erinnerst du dich? Lieben Gruß Isabel".

Katinka ruft nach ihr.

Schnell legt sie auf und kehrt ins Kinderzimmer zurück.

„Was gibts, Liebes?"

„Wer war am Telefon?", fragt die Kleine unruhig.

Einen ganz kurzen Moment ist Isabel froh, dass Katinka ihr Gesicht nicht sehen kann und antwortet dann ganz ehrlich:

44

"Deine Mama. Sie kommt gleich heim und dann können wir gemeinsam essen. Worauf hast du denn Appetit?" Katinkas Gesicht hellt sich etwas auf:

„Ich habe keinen Hunger … aber deinen Möhrensalat mag ich".

„Na, das ist doch mal eine klare Ansage! Den mach ich dir liebend gerne", freut sich Isabel lachend.

„Möchtest du mit in die Küche gehen?"

„Nein, ich habe keine Lust, ich kann ja doch nichts sehen … ", murmelt sie traurig und da kommen sie wieder, die Tränen. Isabel nimmt sie in den Arm und wiegt sie ein wenig hin und her.

„Nun", fragt sie behutsam, „hören kannst du schon, oder?" Katinka antwortet nicht, aber ihr Körper reagiert und schmiegt sich näher an sie.

„Ich glaube, in meiner Tasche liegt noch ein Hörbuch."

Stille.

Isabel kann warten.

„Hmm … was für ein Hörbuch?", nuschelt Katinka in Isabels Bauch hinein.

„Ich glaube, es ist Biene Klara".

„Joo … die ist süß … kannst du mir die mal anmachen?", fragt sie jetzt schon ein wenig interessierter.

„Magst du in der Küche hören oder hier?", erwidert Isabel. Doch die Küche erscheint Katinka noch zu weit, „lieber hier" sagt sie.

„Alles klar … wird gemacht", freut sich Isabel über den kleinen Erfolg, holt Katinkas Rekorder und die CD aus ihrer Tasche. Und dann ertönt auch gleich die Anfangsmelodie:

„... Unsre kleine Biene Klara … ". Katinkas Gesicht entspannt sich.

„Ich bin in der Küche und höre mit", erklärt Isabel im Gehen.

Dort fängt sie sofort an, den gewünschten Möhrensalat zu kreieren. Aus ihrem Garten hat sie heute außer den Kräutern, die sie immer im Essen verarbeitet, noch eine Löwenzahnwurzel und ein paar frisch gepflückte Löwenzahnblätter mitgebracht. Ihrer Meinung nach sollte die tägliche Nahrung sehr basenreich sein, damit der Mensch gesund bleibt und daher bemüht sie sich auch hier sowohl der Mutter als auch den Kindern viel Gemüse und Obst anzubieten.

Speziell für Katinka bereitet sie den Salat in einem großflächigen Gefäß zu, in der Hoffnung, dass sie daraus alleine essen wird. Bisher hat sie sich immer füttern lassen. Die CD läuft noch, doch Katinka scheint eingeschlafen zu sein.

„Katinka?", fragt Isabel leise in den Raum.

„Liebes, dein supertruper Salat ist fertig! Magst du mal probieren?" Katinka antwortet nicht, aber setzt sich etwas auf.

„Magst du es selbst probieren?"

„Wie soll das gehen?"

„Komm wir machen ein Spiel: Ich lege meine Hand einfach unter deine Hand und dann führst du den Löffel in deinen Mund, ok?", lacht Isabel.

„Komm lass uns das probieren!"

Sie greift Katinkas rechte Hand und hilft ihr. Nicht alles landet in Katinkas Mund, aber der Anfang ist gemacht. Isabel überlässt ihr immer mehr die Führung, so dass das Kind wahrnehmen kann, wie gut ihre eigene Hand den Weg zum Mund finden kann. Immerhin begeistert das Spiel Katinka und so schafft sie es, die Hälfte des Salats zu essen. Dann bricht sie ab und meint:

„Jetzt ist es genug!" Isabel streichelt ihr über die Wange. Katinka blickt in Isabels Richtung und sagt leise:

„Danke!"

„Ich hab dich lieb!", antwortet Isabel und nimmt die Schüssel.

„Magst du weiter hören?"

46

„Nein, ich bin müde. Wann kommt die Mama?"

„Ich hoffe, dass sie gleich kommt, vielleicht wurde sie noch aufgehalten … ich schick sie gleich zu dir, ja??"

„Ja", kaum hörbar ist Katinkas Stimme. „sie kommt immer, wenn ich schlafe ...."

Es dauert noch ein paar Stunden bis Tanja endlich heim kommt. Auf Grund eines Notfalls war die Ärztin nicht mehr zu erreichen, so dass Tanja endlos lange warten musste. Zwischendurch verließ sie immer wieder der Mut, aber sie hielt durch. So konnte sie erreichen, dass jeweils während Katinkas Krankenhausaufenthalten zusätzliche Unterstützung für ihre Sehproblematik eingeplant wird.

„Das klingt doch vielversprechend!", lobt Isabel sie, während Tanja hungrig über ihre Gemüselasagne und den leckeren Möhrensalat herfällt.

„Seitdem du für uns kochst, schmeckt es mir viel besser!", bringt Tanja fast schmatzend dankbar hervor.

Auch an diesem Abend erinnert Isabel Tanja wieder, noch nach Katinka zu schauen. Doch Tanja wehrt ab, sie könne das nicht.

„Tanja, es nützt nichts, wenn du nicht hinschaust. Katinka ist krank und es wird nicht besser, wenn du es nicht sehen willst."

Tanja senkt schüttelnd ihren Kopf.

„Es macht mir … Angst."

„Tanja, Angst kannst du nur besiegen, wenn du ihr ins Auge schaust. Zur Zeit leistest du Widerstand. Und der ist im Moment gar nicht hilfreich. Versuch es anders. Versuch, die Krankheit und deine Angst anzunehmen. Du darfst natürlich Angst haben, das ist alles okay. Die sollst du gar nicht verdrängen. Also, akzeptiere deine Angst und lasse sie dann los. Versuch ins Vertrauen zu gehen und wisse, dass es immer Lösungen gibt." Isabel blickt Tanja mitfühlend an.

Es ist Tanja anzusehen, dass die klaren Worte angekommen sind. Wie in Trance bewegt sie ihren Kopf, starrt Isabel an und holt ganz tief Luft.

„Ich verstehe, was du sagst, Isabel. Aber ob ich das umsetzen kann, weiß ich noch nicht."

## Die Recherche beginnt

Entspannt legt Florine das Handy auf den Couchtisch und lehnt sich zurück. Isabel hat ihr ausführlich von den Ereignissen im Hause Boennke berichtet.

„Nun, da gibt es offenbar noch etwas zu tun", denkt Florine und verliert sich in Gedanken über ihren eigenen Besuch dort. Dabei blitzt die Erinnerung an die rothaarige Dame von der Presse auf und wieder fragt Florine sich, was die Journalistin und all ihre Begleiter dort wohl gewollt haben mögen.

Ob Isabel mehr darüber weiß? Per WhatsApp ist die Frage schnell gestellt, doch Isabel hat bisher noch nichts darüber gehört.

Komisch, überlegt Florine weiter, die Frau von der Presse schellt, mit Kamera und allem Pi Pa Po und danach verläuft alles im Sande? Eigentlich doch ziemlich ungewöhnlich. Sie sitzt ganz still da, denkt einen Moment an gar nichts und dann, wie aus heiterem Himmel, kommt ein Impuls.

Paul! Ja, Paul arbeitet doch bei der Tageszeitung … den frag ich jetzt mal. Florine kennt ihn schon eine Weile.

Ein erneuter Griff zum Handy und ein paar Sekunden später hat sie ihn tatsächlich am Apparat. Nach kurzem *Hallo* und *wie geht es dir* kommt sie zur Sache und fragt, ob er irgendetwas über diese Angelegenheit weiß.

Er stutzt: „Nein, normalerweise werden solche Sachen in der Morgensitzung besprochen. Bist du sicher, dass die Lady im Namen der Tageszeitung dort war?"

48

„Überhaupt nicht", kichert Florine. „Du bist mir nur als erster eingefallen, Paul und ich hoffe, dass du mir vielleicht weiterhelfen kannst Ich hab sie ja selbst gesehen, eine schlanke Frau – etwa so groß wie ich – knallroter Pagenschnitt – ca. Mitte vierzig."

„Hm, du, Florine, ich hab jetzt leider keine Zeit mehr. Aber ich bleib dran und melde mich bei dir, okay? Vielleicht treffen wir uns bei Gelegenheit mal wieder??", lacht er ins Telefon und legt auf.

Florine grinst, Paul ist ein netter Kerl, mal wieder mit ihm etwas zu unternehmen, wäre keine schlechte Idee.

Damit ist Florine erst mal zufrieden und erwartet zuversichtlich die Ergebnisse von Pauls Recherche.

Sie legt eine ihrer alten Schallplatten auf und kuschelt sich entspannt in ihr Sofa.

## Wichtiges Abendritual

Katinka träumt vor sich hin. Es scheint schon Tag zu sein.
'Nacht ist dunkler', überlegt sie.

Seit einer Woche sieht sie ihre Mama und ihren Papa nun nicht mehr. Ihre Geschwister auch nicht.

'Der Papa ist gar nicht mehr da …', merkt sie und erschrickt. Bestimmt weil sie krank ist. Ob er wohl weiß, wie sehr sie ihn vermisst? Sie hört leise Schritte in ihr Zimmer kommen.

„Mama?" fragt sie ins Dunkele.

„Nein, Isabel ist hier", antwortet Isabel, setzt sich auf ihr Bett und umarmt sie.

„Schade", sagt Katinka, „ich dachte es wäre Mama."

„Du vermisst deine Mama, nicht wahr?", fragt Isabel.

„Ja."

„Sie arbeitet gerade sehr viel," erklärt Isabel ihr.

„Ich höre sie manchmal, wenn sie abends in mein Zimmer kommt, aber sie denkt immer, dass ich schlafe. Dann geht sie wieder, ohne mir einen Gutenachtkuss zu geben." Tränen glitzern in Katinkas Augen.

„Das macht dich traurig", forscht Isabel.

„Ja, sie mag mich nicht mehr, sie mag mich nicht mehr sehen, nicht mal einen Gutenachtkuss mag sie mir geben."

Katinka weint jetzt. Isabel hält sie im Arm und wartet.

„Sie mag mich nicht mehr, weil ich krank bin, weil wegen mir der Papa weg ist und sie so viel arbeiten muss. Und jetzt hat sie für mich gar keine Zeit mehr."

Mit jedem Satz weint sie lauter. Isabel hält es aus, da sie weiß, dass diese Gefühle jetzt raus dürfen und dass das gut ist. Eine ganze Weile weint Katinka sich in Isabels liebevollen Armen den Schmerz von der Seele. Nach und nach wird sie ruhiger und ist so erschöpft, dass sie fast einschläft. Isabel streichelt ihr übers Haar und wiegt sie hin und her. Ganz leise beginnt sie wieder zu singen und beobachtet wie Katinka immer ruhiger wird und danach tief Luft holt.

„Ich hab Hunger!", erkennt Katinka plötzlich.

„Prima," freut sich Isabel.

„Ich glaube, ich hol dir rasch was her oder hast du heute Kraft genug mit in die Küche zu kommen?"

„Nein, ich mag hier essen", stellt das Mädchen fest und schält sich aus Isabels Armen.

Eine Banane kann Katinka alleine essen und auch die Schnabeltasse mit dem Schokoladendrink und den vielen Vitaminen, die Isabel immer hinein schmuggelt, eignet sich zur Selbstversorgung wunderbar. Isabel möchte Katinka damit motivieren, wieder an sich selbst zu glauben und sich ins Leben zurück zu tasten.

Satt und erschöpft sinkt die kleine Kranke nach der leckeren Zwischenmahlzeit in ihre Kissen zurück.

50

„Ich mag das Lied, das du eben gesungen hast. Es klingt so wunderschön."

„Danke, das freut mich", Isabel streicht ihr über die Hand.

„Ich hab dich lieb!" Isabel nickt zustimmend und erwidert: „Ich dich auch!"

Stille erfüllt den Raum.

„Weißt du, Katinka, deine Mama und dein Papa haben dich auch lieb. Eltern haben ihre Kinder immer lieb, auch wenn sie es nicht immer zeigen können!"

Katinka wendet ihren Kopf zum Fenster hin, zum Licht und wundert sich.

„Warum zeigen sie es nicht?"

„Weil Eltern es manchmal nicht besser können."

„Aha ...", Katinka denkt nach.

„Das ist aber schade", meint sie dann.

Wieder Stille.

Isabel ist sich gar nicht mehr sicher, ob Katinka eingeschlafen ist und hört sie dann sagen:

„Kinder können aber ohne Liebe nicht leben."

Isabel wartet und sagt nichts.

„Kinder brauchen Liebe, oder?"

„Das ist wahr!", bestätigt ihr Isabel.

„Kannst du das meiner Mama sagen?", fragt Katinka.

„Das mache ich gerne für dich, Katinka."

„Du bist lieb." Katinka gähnt und kuschelt sich in ihre Kissen.

„Schlaf noch was. Bis gleich." Isabel nimmt das Geschirr und geht aus dem Zimmer.

Das Klingen des Glöckchens hat Katinka geweckt. Sie spitzt die Ohren.

„Das kenne ich doch", wundert sie sich und hält suchend den Atem an. Ganz fein klingelt das kleine Glöckchen. Ach ja, das ist doch in mir drin, erinnert Katinka sich und lauscht nach innen.

„Das ist schön", lächelt sie und genießt den Ton und die Schwingung, die es in ihrem Körper auslöst. Auf einmal fragt sie nach innen:

„Hey, wer bist du?"

*Ich bin dein Engelchen und ich bin immer bei dir!*

„Oh, das ist aber lieb von dir!"

*Du kannst mich rufen und dann helfe ich dir.*
*Du bist nie allein. Ich bin da.*

„Ich bin immer allein, alle sind weg und müssen irgendwas tun. Das macht mich sehr traurig."

*Weißt du, ich mag dich nicht traurig sehen und deshalb läute ich mein Glöckchen, damit du weißt, dass du nie allein bist.*

Isabel schaut kurz durch die Zimmertür und hört von Katinka nur noch ein erleichtertes Seufzen und damit ist sie auch schon wieder eingeschlafen.

*Prima, Katinka kann mich hören und lernt mir zu vertrauen.*
*Das freut mich sehr!!*
*Katinkas Engel ist zufrieden.*

## Gefühl der Einsamkeit

Es gibt auch dunkle Tage. Da will und will es in Katinka gar nicht hell werden. Das macht sie dann so traurig, dass sie nur noch weinen kann, was sie nur noch trauriger macht. In solchen Momenten sehnt sie sich so sehr nach Licht, danach dass alles so ist wie früher, als sie noch mit ihren Augen die Sonne, ihre Mama und einfach alles sehen konnte.

Leider fällt ihr in solchen Momenten ganz selten das kleine Glöckchen ein, obwohl es ihr so gut tun würde.

## Tränen der Verzweiflung

Aber natürlich sind da auch die guten Tage. Isabels nahrhaftes, vitaminhaltiges Essen und ihre Zuwendung tun ihr gut, denn Katinka versucht sich, langsam an ihrem Bett entlang tastend, allein in ihrem Zimmer zurecht zu finden.

Aufmerksam fühlt sie mit ihren Händen und erinnert sich ganz bewusst an ihren Raum, ihre Möbel, Bücher und ihre Stofftiere.

Die Plüschtiere zu betasten macht ihr ganz besonders Freude. Das Kuschelige, Warme mag sie, es fühlt sich auch an den Händen ganz lustig an. Am liebsten mag sie eine kleine Stoffkatze, die ihre Mama für sie genäht hatte. Zwar hat sie kein Fell, dafür wäre es besser eine echte Katze zu streicheln, hatte die Mama erklärt. Aber die verschiedenen Stoffreste, die sie benutzt hat, fühlen sich ganz toll an.

Katinka sitzt auf dem Boden, um sich hat sie alles verteilt, was sie angefasst hat, und umarmt ganz fest ihre Stoffkatze. Plötzlich vermisst sie ihre Mama wieder ganz doll und weint. „Ich bin so allein", weint sie und drückt die Stoffkatze.

„Ohne meine Mama sehen zu können, ist alles traurig."

Weinend erinnert sie sich an Mamas seltsamen Blick nach dem Arztgespräch. Katinka 'sieht' den Blick noch und kann ihn nicht ertragen. Sie möchte die Augen schließen, um ihn nicht sehen zu müssen.

Wieder muss sie weinen, denn ihre Augen sind ja kaputt und egal, ob sie sie öffnet oder schließt, sie kann einfach nichts sehen.

Sie weint weiter. Wegen ihr hat die Mama so viel Arbeit und denkt nicht einmal mehr an einen Gutenachtkuss. Katinka lehnt sich an ihren dicken Plüschbären, drückt ihre Stoffkatze an sich und schläft inmitten ihrer plüschigen Freunde ein.

Isabel ist mit der Wäsche fertig und wirft einen kurzen Blick in Katinkas Zimmer.

Gerührt entdeckt sie Katinka schlafend in ihrer Spielecke. Leise richtet sie das Bett ein wenig und räumt ein paar Sachen vom Nachttisch.

Doch Katinka hat ihren Hörsinn weiter entwickelt.

„Mama?", fragt sie hoffnungsvoll und schluchzt noch einmal.

„Nein, Katinka, sie kommt erst in ein paar Stunden", antwortet Isabel mitfühlend und kniet sich neben das Kind auf den Boden.

„Du bist wieder traurig, mein Schatz!", stellt Isabel fest und berührt Katinka vorsichtig am Arm. Katinka fließen sofort wieder die Tränen aus den Augen.

„Meine Mama mag mich nicht mehr, weil ich ihr so viel Arbeit mache", schluchzt sie.

„Sie kommt nicht mehr zu mir und sie gibt mir keinen Gutenachtkuss mehr". Die Tränenflut scheint wieder einmal unerschöpflich zu sein. Weinen reinigt und befreit, denkt Isabel und nimmt sie liebevoll in den Arm.

„Katinka, wo liegt denn der Stoffengel, den ich dir mitgebracht habe?", fragt Isabel nach einer Weile.

„Ich … ich weiß nicht" schnieft Katinka. Ihre Hände tasten sich durch den Plüschberg. „Hier ist er!" und sie zieht ihn hervor.

„Weißt du noch, was ich dir erklärt habe, wofür er da ist?" fragt Isabel leise.

„Ja, er soll mich an meinen Schutzengel erinnern, hast du gesagt."

„Meinst du, das könnte dir ein wenig weiterhelfen?"

54

In Katinka klingelt es ganz leise und sie kichert.

„Ja, bestimmt! Ich glaube, ich nehme ihn auch noch mit in mein Bett. Und die Stoffkatze, die hat Mama für mich genäht. Und wenn die Katze mich traurig macht, nehme ich den Engel und dann muss ich vielleicht nicht mehr weinen. Meinst du das so?" Isabel ist etwas überrascht über die rasche Erkenntnis und freut sich.

„Das hast du jetzt aber selbst richtig gut weiterentwickelt!!"

Katinka strahlt und sie umarmt Isabel, weil sie froh ist, jetzt eine Erinnerung an ihren inneren Glöckchen-Engel zu haben.

„Und der ist echt!", murmelt sie ganz leise und steht direkt auf, um die beiden rüber in ihr Bett zu tragen.

Isabel wundert sich bei dieser verstärkten Zielstrebigkeit gleich noch ein bisschen mehr und gibt ihre Verwunderung dann ganz schnell ohne weitere Gedanken einfach mit Dank nach 'oben' ab.

## Isabels Joker

Isabel kann Katinkas Schmerz fühlen und sie weiß, dass es jetzt Zeit für ihren Joker ist. Silberlicht! Das kleine Kätzchen kann Katinka vielleicht ein wenig trösten und ihr weiterhelfen, sich neu zu entdecken. Neben dem Schmerz auch wieder Freude zu fühlen! Innen wie außen!

Das Kätzchen würde sie mit den Händen fühlen können. Es ist nicht nur weich und anschmiegsam, sondern es würde Katinka auch vermisste Gefühle wieder bringen. Außerdem wäre das Kind nicht mehr so einsam.

Isabel fühlt noch einmal tief in sich hinein und verbindet sich im Stillen mit dem fürsorglichen Glitzerlicht der kleinen Katze. Sie ist tief berührt von dieser wundersam geführten Fügung. Wie ein Kätzchen seinen Weg zu seiner Erfüllung findet und ein krankes Mädchen dabei glücklich machen kann. Von Dankbarkeit erfüllt sitzt sie an ihrem letzten gemeinsamen Abend mit dem Kätzchen Silberlicht noch eine ganz lange Weile draußen auf ihrer Terrasse.

# Silberlicht

„Katinka!", ruft Isabel durch die Wohnung, als sie beladen mit einem kleinen Körbchen und diversen anderen Kleinigkeiten hereinkommt. Sie hat ihr Kommen, nach einem Telefonat mit Tanja, so abgepasst, dass Clarissa und Maline schon weg sind.

„Ja", kommt es etwas müde aus dem Kinderzimmer. Schnell ist Isabel in ihrem Zimmer.

„Ich habe eine Überraschung für dich", lockt sie.

„Was denn?", fragt Katinka nun doch etwas wacher.

„Hmm, rate mal … oder willst du lieber mit deinen Händen fühlen, was es ist?"

„Fühlen!", ruft Katinka, nun hellwach.

Sich aufsetzend schaut sie in die Richtung aus der Isabels Stimme kommt. Vorsichtig stellt Isabel das Körbchen vor das Mädchen. Tastend fährt ihn Katinka ab.

„Das ist doch nur ein Korb", sagt sie schon etwas enttäuscht.

„Nun", erwidert Isabel, „aber du hast es fühlen können, oder? Das ist doch schon mal was!"

Etwas maulig grunzt Katinka ein „Jaaa".

„Wofür ist denn ein Korb da?", ermuntert Isabel sie.

„Man kann was rein tun … ach so, ist da was drin?"

Gleich merkt man ihrem Körper die freudige Spannung an. Ihre Finger tasten sich durch den das Innere abdeckenden Stoffbezug, der oben einen Schlitz hat.

„Oh, was ist das? Ganz weich! Wie Fell!!! Isabel, was ist das?"

Katinka bebt vor Vorfreude und hüpft auf und ab, soweit es ihre Kräfte zulassen.

56

„Fühl nur weiter", lächelt Isabel.

„Du wirst es herausfinden!"

Katinka fühlt und weiß, dass es weich ist, aber ist es echt oder ein Stofftier? Ihre Hand fährt tiefer in den Korb hinein.

„Uii, das fühlt sich nicht wie ein Stofftier an ... Ich glaube, das was da drin ist, ist lebendig. Es bewegt sich!" Letzteres ist eher ein Freudenschrei, als ein Feststellung.

„Ist das ... ist das eine Katze?", stammelt sie.

„Ja, mein Schatz", antwortet Isabel.

„Darf ich dir helfen, sie herauszuholen??"

„Ja, mach schnell!"

Das junge Kätzchen scheint wirklich nichts aus seiner Ruhe zu bringen. Es liegt immer noch vollkommen entspannt im Körbchen.

„Schau mal, liebes Kätzchen. Darf ich dir Katinka vorstellen? Das ist deine neue Freundin. Die passt ab jetzt auf dich auf!"

Katinka schaut Isabel ganz ungläubig an. Langsam wiederholt sie:

„Ich passe jetzt auf die Katze auf." Der Groschen fällt langsam und dann hat sie es kapiert.

„Das ist meine?"

„Ja, Katinka".

Isabel freut sich über Katinkas Reaktion und legt ihr das Kätzchen auf den Schoß. Sofort sind die beiden Freunde. Katinka streichelt und umarmt das kleine Katzenjunge, das sich daraufhin eng an sie schmiegt. Das Mädchen strahlt und das Kätzchen irgendwie auch.

Plötzlich hat Katinka den Gedanken, dass das Kätzchen ihr ja weglaufen könnte und sie nicht sehen würde, wo es ist.

Doch Isabel nimmt die Veränderung ihres Gesichtsausdrucks wahr.

„Du, Katinka, das Kätzchen ist auch etwas krank." Erschrocken blickt das Kind sie an.

57

„Was hat es denn?"

„Es kann nicht laufen. Fühl man die Hinterbeinchen, vielleicht spürst du es."

„Oh ja, das Beinchen ist ganz verdreht, das Arme, dann kann es ja gar nicht laufen...", Katinka versteht, was sie da grade festgestellt hatte und sagt:

„Dann kann es mir auch nicht weglaufen."

„Genau!", bestätigt Isabel. Katinka atmet tief durch und ist wieder froh.

„Welche Farbe hat das Fell? Und wie heißt sie?"

„Das Fell ist ganz schwarz, bis auf einen kleinen silbernen Fleck auf der Stirn", beschreibt Isabel Silberlicht. Katinkas Augen huschen hin und her und dann ruft sie:

„Dann muss sie Silberlicht heißen!!"

Isabel ist verblüfft. 'Na wenn das ein Zufall ist?', fragt sie sich. Und da kommt auch schon Katinkas Erklärung.

„Ich hab gestern von einem schwarzen Kätzchen geträumt und das hat auch einen silbernen Fleck auf der Stirn gehabt. Und in dem Traum hat es mir gesagt, dass es Silberlicht heißt", freut sie sich. Isabel lacht in sich hinein und nimmt Katinka in den Arm.

„Ja, unsere Träume sagen uns ganz viel und helfen uns auch oft weiter!"

„Du, Isabel, was mach ich denn mit der Katze, wenn ich ins Krankenhaus muss?"

Fast weint sie, als ihr bewusst wird, dass sie sich dann auch von der Katze trennen muss.

„Ja, dann passe ich auf Silberlicht auf. Du weißt ja jetzt, dass sie auch in deinen Träumen bei dir ist, nicht wahr? Und in deinen Träumen kannst du das Katzenbaby sogar sehen. Ihr seid also gar nicht getrennt."

Richtig, denn wir sind alle miteinander verbunden, denkt sie noch für sich und streichelt Katinka liebevoll über ihr Haar.

„Okay", murmelt Katinka und überlegt, dass sie dann wohl besser schnell gesund wird, damit sie ihr Silberlicht öfter kraulen kann. Dann fällt ihr wieder etwas ein und sie erschrickt erneut.

„Und was machen wir, wenn die Mama heim kommt? Darf ich Silberlicht überhaupt behalten? Das erlaubt die Mama sicher nicht."

„Hey, hey, ganz ruhig. Ich habe schon mit ihr gesprochen und es ist alles gut. Deine Mama hat dich lieb und ist froh, wenn dir etwas Freude macht." Katinka schaut etwas skeptisch und flüstert ganz leise vor sich hin.

„Sie hat aber gar nicht mehr viel Zeit für mich."

Doch Isabels feine Ohren nehmen den Satz wahr und sie weiß, dass es an der Zeit ist, dass sich auch in dieser Sache etwas tut.

## Angst

Clarissa kommt weinend in die Küche gelaufen.

„Katinka ist weg", schluchzt sie.

„Ich kann sie nirgends sehen, auch unterm Bett ist sie nicht … bin ich jetzt auch blind?" Und sie weint noch doller. Isabel zieht sie sanft zu sich auf den Schoß.

„Schscht", flüstert sie und wischt ihr zärtlich die Tränen aus dem Gesicht.

„Du kannst mich doch sehen oder??"

„Ja, aber Tinka nicht!!"

„Liebes", sagt Isabel, „Katinka ist wieder im Krankenhaus. Du warst gestern Abend so müde, als du nach Hause kamst, da hat dich deine Mama gleich ins Bett getragen und du hast gar nicht mitbekommen, dass Katinka da schon nicht mehr da war. Es geht ihr gut und dir auch. Du kannst sehen!! Siehst du vielleicht auch den Schokoladendrink, den ich für dich vorbereitet habe?"

Clarissa blickt aufgeregt in der Küche umher und entdeckt ihn schließlich auf dem Küchentisch.

„Jaaaaa! Den mag ich jetzt haben", lacht sie froh.

„Aber klar doch!!", antwortet Isabel und reicht ihr das Glas.

„Clarissa, Katinka ist krank, aber das heißt nicht, dass du diese Krankheit auch bekommst. Verstehst du?"

„Hmm", grunzt Clarissa über den Rand des Glases hinweg.

„Freu dich und lache, das ist das Beste, was du derzeit tun kannst. Am allerbesten zusammen mit Maline und Katinka, wenn sie wieder da ist. Okay??"

Isabel nimmt sie noch einmal in den Arm und knuddelt sie. Die Vierjährige kichert, drückt Isabel auch und sagt:

„Schön, dass du bei uns bist!"

„Danke, Clarissa! Komm, lass uns mal schauen, ob Maline heute gar nicht wach werden will." Mit diesen Worten nimmt Isabel Clarissas Hand und sie gehen ins Kinderzimmer der beiden Jüngsten. Maline ist schon wach und blättert in einem Bilderbuch.

„Vorlesen!", fordert sie Isabel auf.

„Guten Morgen, Maline", lacht Isabel und zieht die Vorhänge auf.

„Ja, eine kleine Geschichte ..."

Isabel setzt sich auf das Bett und die Kinder krabbeln zu ihr, kuscheln sich an sie und lauschen aufmerksam bis Isabel das kleine Bilderbuch bis zum Ende vorgelesen hat.

„So, ihr kleinen Mäuse, jetzt aber ins Bad Zähne putzen! Ihr wollt doch noch in den Kindergarten, oder?"

Nach einer halben Stunde sind beide Kinder fröhlich dabei, ihre Jacken anzuziehen. Maline braucht noch Hilfe, als es schellt und die Nachbarin beide zum Kindergarten mitnimmt.

# Phantasiereise

Katinka sitzt auf ihrem Bett, ist schon gewaschen worden, hat Frühstück bekommen und freut sich als sie das fröhliche „Guten Morgen, liebe Katinka" von Ermine hört. Ermine ist eine engagierte und erfahrene Kinderpsychologin, die schon lange im Krankenhaus arbeitet und Katinka mag sie sehr gern.

„Bist du denn schon ausgeschlafen, kleine Maus?"

„Ja", ruft Katinka, „was machen wir heute?"

„Oh, das klingt ja richtig wach! Magst du mitkommen in meinen Raum und wir schauen mal wohin wir heute reisen."

Katinka staunt:

„Reisen? … Wohin denn?"

Lachend antwortet Ermine:

„Lass dich überraschen!" Dann reicht sie ihr den Taststock. mit dem Katinka üben soll, sich zurecht zu finden und begleitet sie aus ihrem Krankenzimmer bis in ihren Therapieraum.

„Ich mag deinen Raum, er scheint hell zu sein und es riecht gut hier."

„Danke, das freut mich. Weißt du wo die Liege steht? Meinst du, dass du sie finden kannst?"

Katinka dreht sich etwas unschlüssig im Raum.

„Nimm den Taststock zur Hilfe und geh etwas nach rechts".

Tapfer greift Katinka den Stock fester und stößt zwei Schritte weiter mit dem Stock an das Bein der Liege. Mit den Händen ertastet sie den Rest und klettert auf die Liege.

„Möchtest du da oben liegen oder sollen wir lieber ein Nest auf dem Boden bauen?", fragt Ermine weiter.

„Nest? Oh ja, das ist schön. Ich will ein Nest haben!" und schwupps steht sie schon wieder vor der Liege, bückt sich und krabbelt in Richtung Licht. Ermine lacht:

61

„Gar nicht schlecht kombiniert, Katinka. Noch ein Stückchen und dann … was fühlst du jetzt?"

„Weiche Decken und da sind Kissen … darf ich bauen, was ich will?"

„Klar, baue dir ein Nest, so dass du dich darin ganz wohl fühlst."

Sie legt Katinka noch einige Kissen hin und beobachtet wie zielorientiert das Mädchen seine Oase baut. Anschließend legt sie sich hinein und tastet nach Kissen und Decken, um sich selbständig zu zudecken.

„Das hast du ganz toll gemacht, Katinka!", lobt Ermine.

„Und jetzt?"

„Ich hab doch gesagt, dass wir reisen wollen."

„Hä? Ja, stimmt, hast du gesagt, aber ich liege hier, wie soll ich hier reisen können??" Katinka hebt fragend den Kopf.

„Ja, das tun wir jetzt, warte ab, gleich geht es los. Das Tolle an meiner Art zu reisen ist, dass du jetzt nur in deinem Kopf eine kleine Reise machst. Ich bin schon ganz gespannt, was du mir nachher, wenn ich dich frage, davon erzählen wirst." Und dann hört Katinka leise Musik im Hintergrund. Mit ihrer hellen Stimme fängt Ermine an langsam zu reden:

„Mach es dir so richtig gemütlich in deinem Nest ... kuschle dich richtig schön ein ... kannst du die warme Decke unter dir spüren? ... Dein Kopf liegt ganz bequem ... deine Schultern sind ganz ruhig und entspannt ... deine Arme liegen neben deinem Körper ... du atmest ein und aus, ganz normal, wie immer … Merkst du, wie deine Brust sich hebt und senkt sich mit deinem Atem ... dein Bauch ist warm und weich ... dein Po ist auch ganz entspannt ... deine Beine liegen gaaanz locker auf der Decke ... deine Füße sind mollig warm ... dein Atem geht durch deinen ganzen Körper ... ein und aus ... ein und aus ... alles ist ruhig ... alles ist angenehm warm und weich ..."

62

Katinka hört Ermine reden und entspannt sich ... Die Phantasiereise führt sie auf eine Wiese mit bunten Blumen, an denen sie riechen und auf der sie herumtollen darf. Dann soll sie sich umschauen, denn es kann sein, dass sie auf dieser Wiese jemanden trifft. Danach wird sie langsam wieder zurückgeleitet.

Ermine lässt sie noch eine Weile nachspüren bis Katinka sich rührt und reckt, ausgiebig gähnt und sich dann aufrichtet.

„Und wie war es?"

„Das war schön!", erklärt sie.

„Was war denn alles schön?", forscht Ermine weiter.

„ Da waren so schöne Blumen und die hatten so wunderschöne Farben, die ich noch nie gesehen habe. Sie haben auch gut gerochen."

„Danke, Katinka, was war noch dort?"

„Und weißt du was, ... ich habe auf der Wiese ein Rad geschlagen und das war so toll, das hab ich lange nicht mehr gemacht!"

„Das freut mich, Katinka!!".

„Was ist danach passiert? Hat dir jemand zugeschaut, als du das Rad geschlagen hast?", lockt die Psychologin mehr Erinnerungen hervor.

Katinka überlegt einen Moment. Dann setzt sie sich kerzengerade hin.

„Und ... und", erzählt sie aufgeregt weiter," meine Mama war auch auf der Wiese".

„Ist ja toll! Katinka, wie sah deine Mama denn aus?"

Katinkas Gesicht wird traurig.

„Ermine, ich weiß nicht, ich konnte ihr Gesicht nicht sehen."

„Oh, warum das denn nicht?"

„Sie hatte ein Tuch über dem Kopf."

„Das ist dann auch schwierig, sie zu erkennen! Woran hast du denn dann gemerkt, dass es deine Mama ist?"

„Sie hat gerochen wie meine Mama."

„Hast du auch mit ihr gesprochen?"

„Ja, ich habe gefragt, ob sie gesehen hat, wie ich das Rad geschlagen habe … aber sie hat sich immer weggedreht."

„Oh, und was hast du dann gemacht?"

„Dann war sie einfach nicht mehr da! Weg!", Katinka schaut Ermine fragend an:

„Warum war sie dann weg?"

Plötzlich fängt das Mädchen an zu schluchzen.

„Sie ist immer weg, sie mag mich nicht mehr, ich mag sie auch nicht mehr sehen."

Ermine nimmt sie in den Arm und lässt sie weinen. Als Katinka sich beruhigt hat, fragt Ermine:

„Warum mag sie dich denn nicht mehr?"

„Weil ich krank bin und weil sie viel arbeiten muss, weil der Papa weg ist und …"

Sie schluckt. Ermine drückt sie an sich.

„Die Mama hat mich ganz schlimm angeguckt, als der Arzt ihr sagte, dass ich krank bin und dann … dann … hab ich immer gesehen, wie sie guckt und dann hab ich immer schnell die Augen zu gemacht."

Ermine versteht, was das Kind meint und beruhigt sie weiter.

„Weißt du, Katinka. Ich bin mir ganz sicher, dass deine Mama dich ganz doll lieb hat. Ganz bestimmt! Sie kann es im Moment nur nicht zeigen, weil für sie alles auch anstrengend ist. Auch für Erwachsene ist manches schwierig!"

Katinka schluckt und seufzt tief auf. Dann schaut sie Ermine unsicher an und fragt etwas zweifelnd: „Für Erwachsene ist auch etwas schwierig? Aber …?"

„Doch, mein Schatz, auch für Erwachsene. Wir können auch nicht alles, wir wissen auch nicht alles, wir verstehen auch nicht alles."

„Oh!" Katinka kann es gar nicht glauben.

64

„Dann … hm … dann … hat die Mama mich doch noch lieb?"

„Ganz bestimmt!" bestätigt Ermine.

„Das hat Isabel auch gesagt … ", erinnert sich Katinka.

„Siehst du. Ich bin sicher, dass sie dich ganz dolle liebt", versichert Ermine nochmals.

„Jetzt wollen wir aufräumen und dann gehen wir wieder in dein Zimmer, ja?"

Nachdem die Psychologin Katinka wieder zurück in ihr Zimmer begleitet hat, geht sie in ihr Büro, um Katinkas Mutter anzurufen.

## Der rote Pagenkopf

Rhythmische Musik klingt aus der Kneipe, vor der Paul und Florine sich getroffen haben. Fröhlich gehen sie hinein. Es ist rappelvoll, doch gerade wird ein Tisch frei und Paul reagiert schnell. Florine freut sich, dass sie etwas am Rand sitzen, sodass es möglich ist, sich auch zu unterhalten.

Ein hiesiges Pils und eine Kleinigkeit zum Essen sind schnell bestellt. Da die beiden sich eine Weile nicht gesehen haben, gibt es viel zu erzählen. Nach dem Essen kommen sie endlich zu Florines Frage.

„Schon als du mir die Kollegin beschrieben hattest, bin ich im Kopf alle bekannten Frauengesichter durch gegangen. Roter Pagenkopf? Fehlanzeige. Ich kenne niemanden in dem Alter mit solch einer Frisur."

Florine schaut ihn enttäuscht an.

„Ich weiß, diese Antwort wäre für einen super Reporter wie mich", und er grinst dabei frech, „etwas wenig! Und echt cool wäre, wenn ich in meinem Handy Fotos all meiner Kolleginnen gespeichert hätte."

Florine lacht laut auf.

65

„Hast du das nicht?? Wie bedauerlich! Das hätte ich jetzt aber erwartet!!"

„Nein, hmm, das wäre allerdings auch eine nette Aufgabe für eine Recherche … Okay, aber Melanie, eine Kollegin von mir, kennt tatsächlich eine pagenköpfige Kollegin. Doch diese hält sich derzeit in Australien auf." „Also auch nichts?"

„Nun, hier schon aufzugeben, erscheint mir zu früh. Melanie hat mir erklärt, dass sie freiberuflich arbeitet und nur exklusiv. Da ist man dann schon mal schnell nach Australien unterwegs, wenn es dort etwas Interessantes gibt."

„Na gut, dann warten wir mal ab. Bin gespannt, was dabei herauskommt!!"

Sie lacht wieder:

„Und ich sehe es dir an der Nasenspitze an, dass mehr Information nur bei einem weiteren Treffen aus dir herauszubekommen ist."

„Hey, du Männerkennerin – oder kennst du speziell mich so genau?"

„Nicht ablenken, gib's zu, ich hab Recht!"

„Na klar, das war mein Plan! So, schöne Florine, jetzt gehen wir tanzen – darf ich bitten?"

Lachend eilen die beiden auf die kleine freie Fläche, auf der sich schon einige andere Tänzer austoben.

# Neue Aspekte

Gerade räumt Isabel die Obstabfälle in den Komposteimer, als Tanja nach Hause kommt.

„Hey, du bist noch hier? Wie schön!" Mit diesen Worten nimmt Tanja Isabel in den Arm.

„Ja, die Kinder haben sich heute zum Abendbrot einen ganz speziellen Obstsalat gewünscht", lacht Isabel.

„Und was ist das für ein Obstsalat?"

„Nun, an dem arbeiten alle gemeinsam und jeder sucht sich dabei sein eigenes Obst aus!"

„Oh, klar, das dauert natürlich viel länger!", lacht jetzt auch Tanja „Du bist schon unser ganz besonderes persönliches Glück, Isabel. So jemanden wie dich hat wirklich der Himmel hierher geschickt."

„Danke für die Blumen", antwortet Isabel fröhlich. „So, fertig!"

„Warte grade noch, Isabel – es ist gut, dass wir uns noch sehen. Die Psychologin aus dem Krankenhaus hat heute Mittag angerufen und mir von einem interessanten Ergebnis nach einer Phantasiereise mit Katinka berichtet."

Erwartungsvoll setzt Isabel sich an den Tisch. Schnell ist der Sachverhalt erzählt und Tanja endet mit einem fragenden Blick an Isabel.

„Kannst du mir erklären, was genau eine Phantasiereise ist und wieso Katinka solche Dinge sieht?"

Isabel denkt einen Moment nach.

„Diese Psychologin hat sich die Methode der Phantasiereise ausgesucht, um herauszufinden, was die Ursache für Katinkas Zustand sein könnte. Zu Beginn hat sie Katinka vermutlich ... ja, hmm, wie sag ich das? Der Patient wird in einen veränderten Bewusstseinszustand gebracht, das heißt, Katinka sollte sich auf ihren Körper konzentrieren, fühlen, was die Therapeuten ihr sagt. So was wie, *du liegst ganz weich, du bist ganz entspannt und locker*, weißt du?" Tanja nickt.

„Dabei denkt man nicht mehr nach, man wird ruhig. Dann wurde Katinka vermutlich in eine harmlose Situation geführt, klassischerweise auf eine Wiese ... Unser Unterbewusstsein kann dadurch angestoßen werden, sich an Erlebnisse oder Eindrücke zu erinnern, die jetzt grade wichtig sind. Das gelingt uns im normalen Alltag nicht so, daher greift ein Therapeut auf dieses Hilfsmittel zurück. Okay?"

67

„Ja, soweit habe ich verstanden."

„Katinkas Unterbewusstsein erinnert also, dass es ein Thema mit ihrer Mutter gibt. Sie kann dein Gesicht wegen des Tuches nicht erkennen. Das ist für einen Therapeuten schon Anlass genug, nachzufragen. Und so wird es wohl gewesen sein." Aufmerksam blickt Isabel Tanja an.

„Puh! Das ist mir schon ein wenig unheimlich! Aber … warum … warum war ein Tuch vor meinem Gesicht? Was sagt das aus? Da hat Ermine nichts zu gesagt! Hast du eine Idee??" Ratlos schaut Tanja Isabel an.

„Ich kann auch nur vermuten, was der Grund sein könnte … irgendwas scheint Katinka zu fehlen … Katinka scheint Angst zu haben, dass du sie nicht mehr liebst …", Isabels Blick verrät Mitgefühl. Tanja schweigt, in ihren Augen schwimmen Tränen.

„Ich habe so Angst, dass mir dieses Kind entgleitet. Ich bekomme keinen Zugang zu ihr."

„Ich weiß, dass es nicht leicht für dich ist. Katinka vermisst dich sehr."

„Was kann ich denn tun? Immer, wenn ich komme, schläft sie schon und dann bin ich – ehrlich gesagt - auch froh darüber. Ich weiß gar nicht mehr, was ich ihr sagen soll … wie ich mit ihr reden soll."

„Katinka hat feine Antennen. Geh einfach zu ihr rein, wenn du heimkommst und tu, was du sonst auch getan hättest. Und wenn du den Eindruck hast, dass sie schläft, dann *denkst* du das, was du sagen willst einfach. Sie wird es verstehen!"

Tanjas Augen blicken sie fragend an, doch Isabel lächelt sie nur ermutigend an und signalisiert damit: Manches Verständnis erhält man erst durchs Tun.

„Ich weiß im Moment nicht, was ihr fehlt, aber dass ich ihr unbedingt sagen muss, wie lieb ich sie habe! Mein Gott, mein armes Kind!"

68

„Tanja, ich bin mir sicher, dass es dir wieder einfällt. Geh einfach abends zu ihr ans Bett", beendet Isabel das Gespräch.

„Ja natürlich!! Sobald sich die Gelegenheit ergibt!! Danke dir, liebe Isabel für deine Erklärung.

„Erklärungen sind Theorie und erst die Umsetzung in die Praxis können sie bestätigen", gibt Isabel zurück.

„Isabel, ich weiß gar nicht, wie das hier ohne dich laufen würde. Danke, Danke!!"

„Gerne! So, ich mach mich auf. Dir noch einen schönen Abend. Im Kühlschrank steht noch was zu Essen für dich."

Mit diesen Worten steht Isabel auf, greift ihren Korb und drückt Tanja noch kurz, bevor sie das Haus verlässt.

## Stilles Zwiegespräch

Am nächsten Abend kommt Tanja schwer bepackt, später als üblich, heim. Auf dem Heimweg hat sie noch den Wocheneinkauf erledigt und sie ist total fertig. An ihrem Arbeitsplatz hat es Stress gegeben, der sie zwar nicht persönlich betraf, sie aber trotzdem arg belastet hat. Erschöpft lehnt sie sich an ihre Wohnungstür und versucht erst einmal tief durchzuatmen.

'Wie heißt es doch?', fragt sie sich: 'Atmen hilft!'

Sie atmet tief in ihren Bauch, ein paar Mal und allmählich fühlt sie sich wieder besser. Noch ein paar Atemzüge und sie schafft es, die Einkaufstaschen noch einmal anzuheben und in die Küche zu schleppen.

Vorsichtig schaut sie danach in das Kinderzimmer der beiden Kleinen. Maline hat sich im Schlaf aufgedeckt, Tanja deckt sie sorgsam wieder zu. Clarissa scheint schon zu träumen. Katinka schläft bestimmt auch schon, denkt sie und ist fast versucht, an ihrem Zimmer vorbei zu gehen. Doch dann fallen ihr Isabels liebevoll mahnende Worte ein und sie blickt auf Katinkas Bett.

Wie erwartet, schläft sie tatsächlich. Aufmunternd lädt sie der Sessel neben ihrem Bett ein, sich doch wenigstens einen Moment hierher zu setzen und Tanja kann nicht widerstehen. Sie schaut auf ihr großes Mädchen, das da friedlich schläft. Erstaunt nimmt sie Katinkas Gesichtchen wahr – sie lächelt! Unglaublich! – Tanja spürt ein wohltuendes Gefühl in sich. Dieses Kind, das eigentlich gar keine Freude haben kann, lächelt im Schlaf.

Ganz leise fängt Tanja an zu flüstern:

„Mein Liebes, wie schön dich lächeln zu sehen. Das tut mir so gut ...

Ich weiß, dass du schon lange auf mich wartest, aber ich bin einfach nie rechtzeitig zu Hause ...

Und ... und am Wochenende sehen wir beiden uns ja auch immer ...

Daher bin ich gar nicht auf die Idee gekommen, dass ich mich auch abends mal zu dir setzten könnte. Dein fröhlicher Sessel hat mich gerade dazu eingeladen ...

Und das macht mich jetzt auch etwas mutiger und ich traue mich, ehrlicher zu sein ...

Weißt du, ich habe mich auch nicht getraut mit dir allein zu sein ...

Weil ich einfach nicht weiß, was ich zu dir sagen soll ...

Ich weiß nicht, was hier gerade passiert ...

Warum du krank bist und wie das alles weitergehen soll?

Vielleicht gibt es ja wirklich einen Gott, der uns hilft, wenn wir darum bitten ...

Etwas da oben oder sonst wo, das uns liebt und immer da ist ...

Alleine kann ich das hier nicht schaffen ...“

„Vielleicht gibt es Gott ja? Vielleicht hat er uns Isabel geschickt ...“, flüstert es plötzlich im Raum.

70

'War das Katinka, die da leise geantwortet hat?', denkt Tanja und hält die Luft an:

„Katinka? - Bist du wach?"

Es bleibt still.

Irritiert blickt Tanja im Raum umher. 'Was ist das für eine Stimme gewesen?'

Sie steht auf, geht in den Flur, um sicher zu gehen, dass sonst keiner in der Wohnung ist und kehrt etwas nervös wieder zurück auf den bequemen Sessel.

Tief atmend entspannt sie sich. Doch ihr Kopf lässt ihr keine Ruhe.

'Was hat die Stimme zu bedenken gegeben? Es könne Gott tatsächlich geben, schließlich sei Isabel hier – wie ein Engel. Hmm ja, und die Engel dienen Gott, so sagt man doch. Vielleicht gibt es ihn. Ja, vielleicht. Dann gibt es vielleicht auch Hoffnung', sinnt sie weiter, während sie Katinka betrachtet.

Einem plötzlichen Impuls folgend steht sie auf und küsst ihr Kind ganz liebevoll auf die Stirn – so wie vor der Krankheit. Als sie danach den tiefen wohligen Seufzer von Katinka vernimmt, schießen ihr die Tränen in die Augen:

'Oh mein Gott, sie hat all die Abende nur auf meinen Gutenachtkuss gewartet. Wie konnte ich das nur vergessen?!'

Vorsichtig umarmt sie Katinka und hält sie eine ganze Weile.

Dabei kommt ihr das Gespräch über die Phantasiereise in den Sinn. Sie neigt sich zu Katinkas Ohren und flüstert:

„Katinka, mein Kind, ich liebe dich – ganz doll. Es tut mir so unsagbar leid, dass ich vergaß, dir das zu sagen. Ich liebe dich, tief in meinem Herzen und das ist immer so. Immer und ewig!"

Dann geht sie leise aus dem Zimmer, noch ganz benommen, um ihren Einkauf einzuräumen.

Katinka ist vom Schließen der Türe doch wachgeworden und gleichzeitig hört sie das feine Klingen des Glöckchens.

„War das vielleicht meine Mama?", fragt sie das Glöckchen und atmet, das *Ja* schon ahnend, wohlig durch.

*Ja, mein Kleines. Das war deine Mama.*
*Deine Zellen vibrieren vor Freude,*
*seit sie ihren Kuss und ihre Umarmung wahrgenommen haben.*
*Deshalb fühlst du dich jetzt so gut.*
*Deine Mama hat dich nämlich ganz doll lieb!....Und ich auch!*

Katinka ist überglücklich und schläft schnell wieder ein.

## Glitzerlichter

Clarissa freut sich riesig. Sie singt schon die ganze Zeit. Lieder, die zwar keiner kennt, die aber alle fröhlich stimmen. Selbst Katinka lächelt vor sich hin.

Auf Tanjas Frage, als sie rein kommt, was denn hier los sei, stürmt Clarissa fröhlich auf sie zu und umarmt sie. Über Tanjas Rücken jagt ein freudiger Schauer, denn diese liebevolle Umarmung, tut ihr gut.

„Hey Liebes, was ist los?"

Tanja lacht ihre Vierjährige an.

„Mama, schau doch, hier sind überall kleine Feen und sie verteilen ihr Glitzerlicht. So wunderschöööööön!"

Tanja sieht sie verdattert an.

„Was siehst du? Feen? Ich sehe nichts! Hast du Fernsehen geschaut?"

Sogleich nimmt sie sich vor, darüber mal mit Isabel zu reden, doch Clarissa lässt nicht locker.

„Komm Mama, schau da, über Katinka sind ganz viele und sie machen ganz viel Glitzerlicht über sie!"

Tanja schüttelt den Kopf und ist im Begriff etwas von *Blödsinn* und *Albernheiten* zu erzählen, als Isabel herein kommt.

„Isabel", ruft Clarissa, „schau mal, die Feen verteilen ganz viel Glitzerlicht über Katinka!"

„Aber ja, du hast recht!" Isabel geht erstaunt näher zu den beiden Kindern.

„Warum machen die das?", fragt Clarissa.

„Frag sie doch mal!", ermuntert Isabel sie, während Tanjas Augen vor Staunen immer größer werden. Bevor Clarissa nachfragen kann, ruft Katinka begeistert:

„ Sie helfen mir!" und lacht.

„Sie sind gekommen, um mir viel Kraft zu geben, damit ich wieder ganz gesund werden kann. Ihre Stimmen sind ganz fein. Ich kann sie sogar sehen!"

Tanja weiß gar nicht mehr, was sie denken soll … ist das hier ein Spiel, dass die drei spielen oder spinnen jetzt alle. Sie holt tief Luft, um bei Verstand zu bleiben und schaut Isabel fragend an. Isabel lächelt sie an, nickt ihr zu und signalisiert, dass sie ihr gleich alles erklären wird. Dann wendet sie sich wieder den Mädchen zu.

„Katinka, du kannst sie sehen? Wie schön!"

„Ja, ich sehe sie in mir. Sie sind ganz hell und leuchten und flattern so komisch herum. Und dabei ist da, wo sie sind immer ein Glitzerlicht. Und sie machen mir ein ganz warmes Gefühl. Isabel, können die bei mir bleiben?"

„Schatz, du sagst doch, du kannst mit ihnen sprechen. Also frag sie einfach."

„Ja, frag sie", ruft auch Clarissa.

„Sie strahlen so schön! Sie sollen bleiben!!" und wieder fängt sie an zu singen. Clarissa strahlt und freut sich.

„Wenn ich singe, fangen die kleinen Feen an zu tanzen."

Katinka umarmt sich selbst und verkündet, dass die Feen gesagt haben, sie würden sofort kommen, wenn sie sie rufe. Die Kinder sind überglücklich.

„Isabel, welche Fee findest du am schönsten", fragt Clarissa.

73

„Oh," lacht Isabel „ich finde sie alle wunder wunderschön!!"

„Und du Mama?"

Tanja guckt erst etwas verdutzt, aber auf Isabels aufmunternden Blick hin, meint sie dann schließlich: „Alle!"

Isabel nickt ihr kurz zu und deutet dann zur Tür.

„Wir machen uns eine Tasse Kaffee," erklärt sie den Kindern und schiebt Tanja zur Tür hinaus.

„Ihr habt ja jetzt auch Spaß ohne uns!!"

Tanja lässt sich auf den Küchenstuhl plumpsen, sie fühlt sich ziemlich überfordert.

„Was bitte war das? Haben die Kinder zu viel ferngesehen? War es ein Spiel? Oder seid ihr alle verrückt geworden? So habe ich meine Kinder ja noch nie erlebt!"

Vor sich hin lächelnd, hantiert Isabel an der Kaffeemaschine und setzt sich mit zwei Tassen Kaffee zu Tanja an den Tisch. Auch Isabel steht, wie den Kindern, die Freude ins Gesicht geschrieben. Aber sie will Tanja nicht überfordern und fängt behutsam an zu erklären.

„Tanja, das war kein Spiel", sagt sie und beobachtet Tanja, die die Luft anhält.

„Deine Kinder können noch hellsehen."

„Hellsehen?", Tanja staunt. „Und was bedeutet das jetzt?"

„Wir kommen auf diese Welt und können die feinstoffliche Welt, die uns umgibt, sehen. Als Kinder sehen wir Energien. Wir kennen sie als Engel, Elfen, Feen, Naturwesen, ebenso als dunkle Gestalten, Drachen, Dämonen. Es gibt sie also wirklich! Vielleicht erinnerst du dich an die Monster unter deinem Bett? Die Kinder wollen ihre Erlebnisse, dunkle wie lichte, teilen. Sie benötigen Erklärungen, Bestätigung ihrer Wahrnehmungen, das Gefühl ernst genommen zu werden oder bei Angst natürlich auch Hilfe. Als Erwachsene haben wir diese Gabe meist vergessen und gehen einfach darüber hinweg, halten es für zu viel Phantasie. Tja, und das, was nicht ge-

74

pflegt wird, kann verloren gehen. Daher bin ich eben so intensiv auf die Kinder eingegangen."

„Aber, wie kann dann Katinka sie sehen?"

„Wir nehmen unsere sogenannte reale Welt mit unseren physischen Augen wahr. Diese können jedoch nur etwa 8% des gesamten Spektrums des Möglichen sehen. Es gibt mehr! Viel mehr! Lass den Gedanken einfach mal zu. Das ist der erste Schritt. Die 92%, die wir nicht sehen können, scheinen unsere geistigen Augen wahrzunehmen. Das wird der Grund sein, warum Katinka die geistige Welt trotz ihrer Erblindung sehen kann. Ich habe den Eindruck, dass ihr dies eben bewusst geworden ist. Ebenso wie die Tatsache, dass sie mit den Feenwesen kommunizieren kann. Das bedeutet, dass sie nicht nur hellsehen, sondern auch hellhören kann."

Aufmerksam beobachtet sie Tanja, die das Ganze erst mal verdauen muss und bedächtig einen Schluck Kaffee trinkt.

„Okay, du sagst … ich kann diese Feen, diese Energie, nicht mehr sehen und konnte es vermutlich auch mal. Hmm. Nur lassen wir das mal so stehen. Was ist mit dir? Siehst du sie?"

Isabels strahlendes Gesicht bestätigt ihre Vermutung.

„Ja, ich kann sie sehen! Wieder! Ich hatte das Glück, eine wissende Großmutter zu haben, die mich damals in all diese Dinge eingeweiht hat. Leider hatte auch ich das eine lange Zeit vergessen. Heute weiß ich, wovon ich rede. Deshalb ist es mir auch so wichtig, deine Kinder dabei zu unterstützen und dich darüber aufzuklären."

„Krass, das sind für mich vollkommen neue Welten! Du bist so hilfreich und dein Hiersein ist ein Segen für meine ganze Familie. Danke dir für alles, was du für uns tust – auch wenn ich manches noch gar nicht richtig verstehe. Diese Geschichte muss ich allerdings erst noch mal sacken lassen."

Tanja legt ihre linke Hand auf Isabels rechte und drückt sie. Isabel legt ihre andere Hand noch obendrauf und lacht sie liebevoll an.

„Ich glaube, es ist für Katinka ganz besonders wertvoll, zu erkennen, dass sie in ihrer Dunkelheit nicht alleine ist und dass es für sie Hilfe geben kann. Das wird sie motivieren und aus ihrer depressiven Phase herausholen. Da bin ich ganz zuversichtlich."

## Veränderte Wahrnehmung

Die glitzernden Feen sind tatsächlich ein Segen für Katinka. Sie spürt jetzt neuen Mut in sich, denn sie glaubt daran, dass die Feen gekommen sind, damit sie wieder gesund wird. Sie freut sich darauf, wieder sehen zu können, nicht nur die Feen, sondern auch Mama, Papa, Clarissa, Maline und auch Isabel. Und alles andere.

An Mamas Gesicht kann sie sich gar nicht mehr erinnern, das letzte Gesicht von Mama war ganz angstvoll und dabei blickte sie durch sie durch, als wolle sie Katinka gar nicht mehr sehen.

Daran will Katinka nicht mehr denken, es macht ihr Angst. Und wenn sie Angst hat, hält sie sich die Augen zu. Aber heute will sie lieber an die Feen denken. Das macht ihr mehr Spaß!

Stundenlang spielt Katinka mit den Feen. Sie hat entdeckt, dass sie sich auf ihre Finger setzen können und dann trägt sie die kleinen Wesen durch ihr Zimmer. Mit der einen Hand tastet sie sich durch den Raum, auf der anderen ruhen ihre neuen Freunde.

Mit zunehmender Begeisterung zeigt sie ihnen ihre Stofftiere und stellt alle einander vor. Dann fällt ihr das Puppenhaus ein. Strahlend bietet sie es den Feen als Wohnung an, während sie bei ihr zu Gast sind. Die Feen spielen mit und zwinkern sich zu, da sie sich über Katinkas neue Lebensfreude und Mobilität sehr freuen.

Hinter dem Puppenhaus liegt Silberlicht, Katinkas Kätzchen. Aufgeweckt durch die neue Betriebsamkeit ihrer Menschenfreundin schnurrt sie und wird auch gleich den neuen Spielgefährten vorgestellt. Katinka ist sich ganz sicher, dass Silberlicht die Feen auch sehen kann und freut sich noch einmal mehr über ihre neuen Freunde.

Als sie den Feen ihren Stoffengel, den sie von Isabel bekommen hat, vorstellt, fällt ihr prompt das Glöckchen ihres Schutzengels ein.

„Ob er jetzt auch kommt?", fragt sie sich.

In dem Moment hört sie es schon bimmeln.

„Hallo mein lieber Schutzengel. Schau nur, die Feen, meine neuen Freunde! Kannst du sie sehen?"

Es klingelt in ihr und dann hört sie seine Stimme.

*Danke, meine kleine Freundin, dass du mich gerufen hast.*
*Ich kann die Feen auch sehen und freue mich mit euch.*
*Siehst du: keiner ist jemals allein.*
*Die geistige Welt ist immer in deiner Nähe,*
*auch wenn du sie mal nicht sehen kannst,*
*nicht wahr Katinka?*

Katinka steht ganz verzaubert da. Die Stimme ihres Schutzengels hat sie bisher nicht bewusst gehört. Diese Stimme rührt sie sehr und hört sich sehr bekannt an. Ein kleines Tränchen läuft ihr die Wange hinab.

„Ich kenne deine Stimme, aber ich weiß nicht wer du bist?", antwortet sie verwundert.

*Wir beiden kennen uns schon lange.*

77

*Ich bin immer schon an deiner Seite!*

„Aha!", wundert sich Katinka weiter.

*Kannst du mich denn jetzt auch sehen?*
„Bist du das blaue Licht?", fragt Katinka plötzlich ganz
aufgeregt.

*Ja, das stimmt!*
*Du kannst mich sehen!*
*Jetzt hat deine Angst ein Ende.*

Katinka hätte ihr Engelchen jetzt gern umarmt, aber das geht
nicht und so umarmt sie mit Freude und Begeisterung statt
dessen ihr Kätzchen Silberlicht.

## Wachträume

Florine hat dank ihrer guten Beziehungen tatsächlich kurz-
fristig einen Termin für Katinka bei Nadja Kellermann bekommen. Die erfahrene Kinderpsychologin ist Mitglied in
dem Netzwerk, das Florine und Isabel vor einiger Zeit ge-
gründet haben. Frauen aus unterschiedlichen beruflichen Be-
reichen treffen sich in einem Internetforum, tauschen sich aus
und helfen einander auf allen möglichen Ebenen. Räumlich
sind sie gar nicht so weit voreinander getrennt, doch nur einmal im Jahr treffen sie sich zu einem gemeinsamen Kongress.
Dort gibt es immer sehr viel zu reden, planen, abzustimmen,
zu lachen, zu feiern und daher gönnen sie sich dafür gleich
ein ganzes Wochenende.
Tanja kann den Termin nicht wahrnehmen, daher begleitet
Isabel Katinka. Sie freut sich nebenbei auf die Möglichkeit,

78

Nadja bei dieser Gelegenheit mal wieder zu sprechen. Nadja öffnet Isabel und Katinka persönlich die Tür.

„Hallo, was für ein hübsches kleines Mädchen kommt denn da zu mir!", lacht sie Katinka an und ergreift ihre Hand.

„Ich bin Katinka und wer bist du?", Katinka mag Nadjas warme freundliche Stimme und macht fröhlich mit.

„Ich bin Nadja und wen bringst du da mit?", fragt sie zurück.

„Das ist Isabel, meine Freundin", strahlt Katinka und drückt Isabels Hand.

„Das ist ja super, Katinka. Dann ist Isabel auch meine Freundin!" Nadja grinst Isabel lachend an und drückt sie.

Im Sprechzimmer, das mehr an ein gemütliches Wohnzimmer erinnert, bittet Nadja die beiden, sich einen Platz zu suchen. Katinka empfiehlt sie den Sitzsack, der mitten im Raum steht und den das Mädchen sich auch gleich zurecht drückt. Isabel setzt sich hinter sie auf einen Sessel. Nadja macht einen Kakao für alle und hat für Katinka sogar einen Strohhalm in den Becher gestellt.

„Katinka, warum kommst du denn zu mir?", fragt Nadja, während alle genüsslich ihren Kakao schlürfen.

„Weißt du, ich kann nichts sehen!" Katinka grinst sie mit geschlossenen Augen an.

„Ist das denn auch so, wenn du deine Augen öffnest?", gibt Nadja zurück.

„Ja, leider!" Katinka grinst nicht mehr. „Kannst du was machen, damit ich wieder sehen kann?"

„Glaubst du, dass das geht?"

Katinka nickt.

„Und was sollte dann idealerweise passieren?"

Doch Katinka passt nicht mehr auf und hört nach innen. Ihr Engelchen scheint etwas sagen zu wollen, denn sie hört sein Glöckchen. Plötzlich nickt sie ganz aufgeregt, so dass die beiden Erwachsenen einander erstaunt ansehen.

„Katinka, Liebes, was sollte denn idealerweise passieren?",
wiederholt Nadja ihre Frage. „Ist dir was eingefallen?"

„Jaa!" ruft sie. „Der Papa soll wiederkommen, dann hat die
Mama wieder mehr Zeit und dann gibt sie mir abends wieder
einen Gutenachtkuss!!" Sie lacht vor Freude und klatscht in
die Hände.

Das Engelchen hat ihr den Tipp gegeben.

> *So fügt es sich grandios! Sie hat kapiert, wie wir zusammen*
> *arbeiten können und jetzt sind wir ein Team.*
> *Katinkas Engel ist begeistert!!*

Nadja hört genau hin, und erkundigt sich aufmerksam weiter
bei Katinka:

„Wo ist denn dein Papa?" Nadja blickt Isabel an und diese
zuckt mit den Achseln um zu signalisieren, dass es wirklich
keiner weiß. Doch Katinka überrascht die beiden wieder.

„Der Papa malt Bilder für andere Leute!"

„Ja, das ist sein Beruf. Aber wo malt er denn zurzeit? Du hast
ja gesagt, dass er nicht zu Hause ist."

„Ich kenne die Stadt nicht, aber sie sprechen da komisch."

„Woher weißt du, dass du die Stadt nicht kennst, Katinka?"
Nadja beugt sich etwas vor, um jede von Katinkas Regungen
wahrnehmen zu können.

„Das war in dem Traum ... da hab ich ihn gesehen ... er ist
aus dem Flugzeug gestiegen ... und dann hat er gemalt ...
und da waren Leute, die haben mit ihm geredet ... aber ich
konnte das nicht verstehen." Katinka schaut vollkommen
überzeugt in Nadjas Richtung.

„Ah, okay, ich verstehe. Katinka, warst du denn auch in dem
Traum?"

80

„Nee, du stellst aber komische Fragen … ich bin doch die ganze Zeit im Bett und außerdem kann ich doch nicht sehen. Nur im Traum sehe ich!"

„Ach so! Jetzt verstehe ich das." Nadja lächelt. Dann steht sie auf, holt aus dem Schrank eine CD und legt sie in die Schublade der Musikanlage, die auf dem Schrank steht.

„Sag mal Katinka, kennst du Komponella Birnenbrei?"

„Wie heißt die?" Katinka muss laut lachen, kullert dabei vom Sitzsack herunter und lacht und lacht.

„Komponella Birnenbrei!", bestätigt Nadja und schaut auf die CD Hülle.

„Die sieht hier aus wie eine kleine lustige Hexe. Mit giftgrünem Hexenhut, einem silbernen Kleid mit lauter Spinnweben und einer Schürze vor ihrem Bauch und sie scheint in riesengroßen Schwierigkeiten zu stecken. Hier die CD heißt: Hexenschlaf und Knatterbüchsenaufstand."

Katinka lacht wieder wie verrückt.

„Knatterbüchsen?! Knatterbüchsen!! Die mag ich hören!!". Katinka kann kaum sprechen vor Lachen.

„Klaro, hier hab ich Kopfhörer, die kannst du dir aufsetzen, dann können Isabel und ich uns noch ein wenig unterhalten, okay?" Nadja setzt ihr die Kopfhörer auf und schaltet die Anlage an.

Isabel schaut den beiden entspannt zu.

„Und?", fragt sie Nadja, als sie sich wieder hinsetzt.

„Hm, ich bin mir nicht ganz sicher. Meine innere Stimme sagt mir, dass es keine organische Ursache für die Erblindung gibt, aber das ist nur eine Vermutung und reicht natürlich nicht aus. Ich würde das Mädchen gerne nochmal sehen, vielleicht besuche ich euch mal. Dann beobachte ich sie in ihrem gewohnten Umfeld. Kann ich den Termin dann direkt mit dir machen?"

„Den können wir gleich festmachen. Wenn Katinkas Mutter nicht kann, bin ich bei Katinka und ihren Schwestern. Nadja, das ist schon spannend, was Katinka so träumt, nicht wahr? Glaubst *du* ihr auch?"

„Natürlich! Ich hab den Eindruck, dass sie ein fröhliches und selbstbestimmtes Kind ist …" Sie steht auf und holt ihren Terminkalender.

Katinka lacht zwischendurch immer wieder laut auf und haut vor lauter Freude auf den Sitzsack. Die beiden Frauen haben ihren Spaß an ihr.

„Schade, das wird ganze sechs Wochen dauern, bis ich mir wieder Zeit für euch nehmen kann." Nadja nennt Isabel das Datum, damit sie es in ihr Handy eintragen kann.

„Oh, schade und wir wissen jetzt natürlich noch nicht, ob Katinka dann nicht wieder im Krankenhaus sein wird. Aber wenn dir noch etwas dazu einfällt, meldest du dich, ja?"

„Ich werde mich auf jeden Fall heute oder morgen noch mit Katinkas Mutter austauschen und ihr meine Eindrücke mitteilen. Dir darf ich ja gar nichts sagen." Dabei hält sie sich schnell ihre Hand auf den Mund, aber ihre Augen leuchten und zwinkern.

„Isabel, ich kann mir vorstellen, dass du in Katinkas Familie schon ganz fleißig Energie verteilt hast."

Isabel muss lachen, als sie das hört.

„Weißt du, Nadja, auch ich unterliege gewissen Regeln und darf nicht wild um mich heilen."

Beide lachen und unterhalten sich dann noch über andere Dinge, während Katinka quietschvergnügt noch Komponellas Erlebnissen lauscht.

Auf dem Heimweg fragt Isabel nach Katinkas Träumen.

„Isabel, das ist so schön, wenn ich träume! Ich kann dann sehen!!", sagt Katinka ganz stolz.

„Träumst du denn oft?" Isabel streicht ihr übers Haar.

82

„Nicht so oft. Am liebsten träum ich vom Papa."

„Kannst du dir denn aussuchen, von wem du träumst?"

„Nein. Das kommt dann so. Ich träum, wenn es ganz still im Haus ist und alle weg sind", kichert Katinka. „Dann bin ich wach und schlafe gar nicht, und manchmal kommt dann ein ganz schöner Traum."

„Wie schön, Katinka, ich freue mich so sehr, dass du das kannst." Isabel drückt das Mädchen an sich.

„Woher weißt du denn, dass deine Träume wahr werden?", fragt sie dann noch. Katinka grinst und fragt innerlich ihren Engel, ob sie Isabel von ihm erzählen darf. Das Glöckchen bimmelt leise, was Katinka als Zustimmung auffasst.

„Das sagt mir dann mein Engel! Der weiß das! Weißt du, Isabel, das ist mein Geheimnis!"

Nun ist Isabel erstaunt, damit hat sie nun wirklich nicht gerechnet. Sie bleibt stehen, nimmt Katinka auf den Arm und dreht das jauchzende Mädchen freudestrahlend um sich!

„Das ist ja wunderbar!! Versprochen!! Ich verrate das niemandem. Das bleibt unser Geheimnis!!!"

## Die große Herausforderung

Es schellt.

Vor der Tür steht eine große, breitschultrige, schwere Frau.

„Gerda Hartmann, guten Tag. Ich bin Tanjas Mutter! Sie sind bestimmt die Dame, die die Kasse geschickt hat."

„Mein Name ist Isabel Blumél", antwortet Isabel freundlich.

„Kommen Sie doch rein!"

Schwer atmend betritt Gerda Hartmann die Wohnung. Bevor sie nach einer Tasse Kaffee fragen konnte, hat Isabel ihr schon eine angeboten und sie gebeten Platz zu nehmen.

„Ja, danke."

Gerda ist ein wenig verdutzt, so viel Freundlichkeit hat sie von einer Fremden nicht erwartet. Den Kaffee vor sich stützt sie die Ellenbogen auf den Tisch, legt die Fingerspitzen aneinander und erklärt Isabel sehr bestimmt:

„Also, gute Frau, ich denke, ab Montag dürfen Sie wieder zu Hause bleiben, da ich hier das Ruder übernehmen werde."

Isabel sieht sie freundlich an.

„Davon hat Tanja mir gar nichts erzählt!"

„Tanja weiß das auch noch nicht. Ich habe das entschieden, schließlich bin ich ja ihre Mutter."

„Ah, okay. Frau Hartmann, prima, dass Sie gerade jetzt kommen, Tanja ist nämlich auf dem Heimweg und wird in wenigen Minuten da sein. Dann können wir den weiteren Ablauf ja gerne besprechen."

„Nötig sind Sie dabei ja dann eigentlich nicht, aber … wie sie wollen."

„Darf ich Ihnen noch Kaffee nachgießen?"

„Nein, eine Tasse reicht!"

Sie reden über das aktuelle Wetter bis Tanja herein kommt.

„Mutter, du hier?" Sie beugt sich zu ihrer Mutter und gibt ihr steif die Hand.

„Kaffee?", fragt Isabel.

„Ja, danke, liebend gerne", antwortet Tanja und schaut Isabel verzweifelt an. Angst liegt in ihrem Blick. Ihre Mutter ergreift das Wort.

„Ich habe der Dame gerade mitgeteilt, dass ich ab Montag hier nach dem Rechten sehen werde." Tanja verschluckt sich vor Schreck fast am Kaffee.

„Isabel, ähm Frau Blumél, macht das ganz wunderbar hier. Die Kinder lieben sie und …".

Weiter kommt sie nicht. Frau Hartmann steht auf.

84

„Tanja, du weißt jetzt Bescheid", erklärt sie bestimmt, tippt zum Abschied kurz an ihre nicht vorhandene Hutkrempe und geht.

Die Tür fällt ins Schloss. Tanja sitzt da mit Angst geweiteten Augen. Dann flüstert sie.

„Und was mach ich jetzt?"

Sie ist absolut hilflos. Eine Situation, die sie schon hunderttausend Mal erlebt hat, aber dieses Mal kann sie einfach nicht gehorchen. Ihre Mutter ... den ganzen Tag hier, keiner würde das ertragen, die Kinder nicht, sie selbst nicht und Eric würde erst recht nicht mehr zurück kommen wollen.

Das ist der Tropfen, der das Fass zum Überlaufen bringt.

Tanja bricht zusammen, sie weint, schreit, bekommt einen Weinkrampf. Wieder ist Isabel da und hält sie im Arm. Sie spürt Tanjas ganze Wut und Verzweiflung und weiß, dass das hier erst der Anfang ist.

Der Kaffee ist kalt geworden, Isabel holt Gläser und Wasser. Dankbar nimmt Tanja das Glas. Danach bringt sie ein zaghaftes, aber doch entscheidendes „Nein!" hervor und ahnt, dass sie ab jetzt all ihre Kräfte braucht.

„Möchtest du darüber reden?", fragt Isabel behutsam.

Nachdenklich schaut Tanja sie an.

„Darüber reden … ich habe mir bisher nicht einmal erlaubt, darüber nachzudenken. Ich kenne das nicht anders. Das ist so, seitdem ich denken kann. Meine Mutter ist der Chef und ich habe zu folgen. Nie duldet sie irgendeinen Widerspruch von mir und wenn er noch so klein ist.

Sie bestimmt. Ja, immer eigentlich, schon als Kind entschied sie, was ich anziehe, mit wem ich spiele, welches Buch ich lesen sollte. Hatte ich mal Streit mit jemanden, ging sie hin und klärte die Sache, egal ob es Freundinnen waren ... oder Lehrer.

Meine Pubertät fiel praktisch aus. Ich hatte viel zu viel Angst vor ihr, als dass ich gewagt hätte irgendwelche Grenzen in Frage zu stellen.

Meinen Vater kenne ich nicht, er hat es nicht lange mit ihr ausgehalten und verschwand noch vor meinem ersten Geburtstag. So gab es nur noch mich, über die sie bestimmen konnte. Streng und machtvoll. Das zieht sie bis heute durch."

Tanja wird still und verliert sich in ihren Gedanken.

Auch Isabel sortiert ihre Beobachtungen über diese Mutter-Kind-Beziehung. Angst und Distanz kann sie bei Tanja wahrnehmen; Respekt ihrer Mutter gegenüber, aber keine Liebe.

Tanja hat scheinbar nie Liebe erfahren, daher kann sie an ihre Kinder auch keine weitergeben – genau wie ihre Mutter.

Das ewige Spiel. Es ist wirklich höchste Zeit für Veränderungen … Zeit, dass Frieden in die Herzen der Menschen Einzug hält.

## Rückblick

Die halbe Nacht hat sie nun schon wach gelegen. Sie weiß wie wichtig es ist, dass sie sich jetzt endlich bei ihrer Mutter durchsetzt. Allzu oft hat sie schon klein beigegeben. Sich zu widersetzen ist ihr aber bisher noch nie gelungen und allein der Gedanke, es zu wagen, erhöht ihren Herzschlag. Er dröhnt in ihren Ohren und an Weiterschlafen ist nicht zu denken.

Tanja steht auf.

Im Wohnzimmer hängt ein Bild von ihrer Mutter.

'Warum eigentlich?', fragt Tanja sich, als sie es sich ansieht. Tatsächlich hängt es dort nur, weil es ein Geschenk ihrer Mutter ist.

An ihre Mutter denken zu müssen, belastet Tanja. Sie fühlt dann einen Druck auf den Schultern und auch auf der Brust,

86

ihre Beine fühlen sich an wie Blei – ja, Schwere und Unbeweglichkeit nimmt sie im ganzen Körper wahr.

„Nein", denkt sie laut, „das ist alles nicht hilfreich, so komm ich nicht weiter."

Sie versucht diese Gefühle mit ein paar Lockerungsübungen zu verändern und atmet tief ein und aus. Ihr Blick fällt dabei auf das alte Fotoalbum aus ihrer Kindheit, wie es ganz tief unten im Regal steht, etwas verstaubt, da es kaum jemanden interessiert.

Eine Weile starrt sie es an, dann seufzt sie, bückt sich und nimmt es in die Hände. Entschlossen setzt sie sich auf die Couch und blättert Seite für Seite durch.

Ein einziges Album für eine ganze Kindheit – nicht viel. Auf der ersten Seite das klassische Bild: sie als Säugling mit ihren stolzen *Eltern*, mit dem kleinen Fehler, dass ihr Vater fehlt und stattdessen dort ihre Großmutter steht.

Mit den Bildern flammen auch seltene Erinnerungen auf. Ihre Großmutter hatte sie sehr lieb gehabt. So gern hatte sie auf ihrem Schoß gesessen und Bilder gemalt, die die Oma dann besonders gelobt hatte. Sie war die Mutter ihres Vaters, doch leider verstarb sie schon kurz nach ihrem vierten Geburtstag.

Die übrigen Bilder sind nur gestellt: sie selbst im Garten, mal im Sandkasten, mal auf der Schaukel; im Haus und mit Freundinnen, die ihre Mutter für sie ausgesucht hatte; und ein letztes Bild: die ganze Klasse vor der Schule.

Es gibt sehr wenige gemeinsame Bilder mit ihrer Mutter und sie hat heute den Eindruck als würde eine unsichtbare Mauer zwischen ihnen stehen. Das Gesicht ihrer Mutter wirkt auf sie hart, unnahbar, bestimmend, kaum einmal ein Lächeln.

Ein Leben nebeneinander, weil es keinen anderen gab. Wie traurig. Tanja starrt in die Ferne, in Erinnerung an ihr einsames, fast freudloses Leben.

Sie ist versucht, sich ein wenig zu bedauern. Darüber erinnert sie sich dann an die Freude, die mit Eric in ihr Leben kam. Wie glücklich war sie selbst gewesen, als sie Eric auf der Abschlussfeier ihrer Berufsschule kennenlernte.

Ihre Mutter war so beschäftigt gewesen, einem ihrer Lehrer mitzuteilen, was sie von seiner Arbeit hielt, dass Eric Tanja zum Tanz auffordern konnte. Bei diesem Tanz verliebte sie sich unsterblich in diesen Mann, der ihr von seiner Liebe zur Malerei und seinen unglaublichen Träumen erzählte.

Danach schafften sie es immer wieder, sich zu treffen, ohne dass ihre Mutter es merkte. Tanja stellt fest, dass es die glücklichste Zeit in ihrem Leben war, vor allem; als Eric sie bat ihn, zu heiraten.

Nach fünf Jahren erst willigte ihre Mutter in die Eheschließung ein.

Eric ist durch und durch Künstler, malt wundervolle Bilder und ist außerdem ein Mensch, der seine Gefühle lebt. Das überfordert sie selbst in vielerlei Hinsicht....

Ihn überforderte das geregelte Leben, das sie führten und die unvermeidlichen Begegnungen mit ihrer Mutter. Wie oft war er mit ihrer Mutter aneinander geraten? Unzählige Male.

Irgendwann war es Eric immer zu viel gewesen und er tauchte für eine Weile unter. Tanja erkennt inmitten ihrer Rückblende das Gefühlschaos, dem sie mit jeder Trennung ausgesetzt ist. Schmerzlich wird ihr außerdem klar, dass sie selbst eigentlich nie für Eric einstand, sich nie hinter ihn gestellt hatte, aus Angst vor den Reaktionen ihrer Mutter. An den Auseinandersetzungen mit Mutter hat sich nie etwas geändert. Mutter ist immer die Stärkere gewesen.

Zärtlich legt sie ihre Hand auf das Hochzeitsfoto – wo er jetzt wohl ist? Ob er wieder kommt? In Gedanken sieht sie ihn … hoffend und wartend … wie immer.

Ihre innere Schau geht weiter, neue Fragen kommen ihr in den Sinn.

'Kann ich überhaupt ohne meine Mutter leben? Tu ich es nur aus Gewohnheit? Wie wäre es, ohne sie zu leben – irgendwo – nur mit Eric?'

Tanja erschrickt über diese Gedanken.

'Darf ich das denken? Darf man denken, wie es ist, ohne die eigene Mutter zu leben? Könnte ich das überhaupt? Nach so vielen Jahren?'

Sie sieht jedoch absolut keine Möglichkeit, so wie bisher weiterzuleben. Sie kann die Belastung kaum ertragen. Also muss sie ihr Einhalt gebieten!

'Aber wie? Mutter widersprechen … unvorstellbar!'

Ihr Herz schlägt wie wild. Sie ist wieder da angekommen, wo sie in dieser Nacht startete. Verzweiflung macht sich in ihr breit.

'Ich schaff das nicht! … Wie lange Eric wohl noch bei mir bleibt? … Ich bringe nichts fertig ... Ich bin zu nichts nütze ... abhängig und … wertlos.'

Sie heult nicht einmal mehr bei diesen Gedanken, dafür hat sie keine Tränen mehr.

Sie geht ins Bad, holt sich eine Schlaftablette und gibt auf – wie immer.

## Umdenken

„Isabel, was können wir tun? Ich möchte nicht, dass meine Mutter hier das Zepter übernimmt. Ich möchte - und das ist mir im Moment das Wichtigste - dass du bleibst!"

„Tanja, das möchte ich auch gerne, liebend gerne. Es ist deine Familie, deine Situation und die Entscheidung liegt allein bei dir."

Tanja schluckt. Ihr ist klar, was das bedeutet. Sie muss ihre Mutter in ihre Schranken weisen. Allein bei diesem Gedanken bricht ihr wieder der Schweiß aus.

Isabel lächelt sie liebevoll an. Tanja spürt, dass diese Frau, die da so wundervoll in ihr Leben gekommen ist, sie auch in dieser Angelegenheit unterstützen könnte.

„Isabel, wenn mir jetzt jemand helfen kann, dann nur du!"

Doch bevor sie weiter sprechen kann, kommt Isabel ihr zuvor:

"Tanja, wer ist die wichtigste Person in deinem Leben?"

Verdutzt blickt Tanja sie an:

"Ähm, … hmm … früher war es meine Mutter, … heute meine Kinder."

„Und du?" Isabel schaut sie voller Liebe an.

„Ach ich, nein, ich bin nicht so wichtig. Wenn es meinen Kindern gut geht, geht es auch mir gut."

Tanja merkt schon an Isabels hochgezogenen Augenbrauen, dass sie da noch mal nachdenken sollte.

„Tanja, es geht um die Hauptrolle in DEINEM Leben, nicht in dem deiner Mutter oder deiner Kinder." Betreten schaut Tanja auf den Boden.

„Eric?", sie schielt nach oben zu Isabel. Doch die schüttelt nur den Kopf. Tanja bemerkt Ärger in sich hoch steigen.

„Wer denn dann? Komm nicht auf die Idee mir zu sagen, dass ich das sein soll! Das ist Quatsch!" Sie dreht sich von Isabel weg, um unbeobachtet denken zu können. Erst diese Nacht war ihr klar geworden, wie wertlos sie tatsächlich ist. Und jetzt soll sie plötzlich doch wertvoll sein. Das geht gar nicht!

'Aber …', meldet sich da Tanjas innere Stimme.

Aber? Ja, stimmt! Sie hatte vieles in Frage gestellt, was ihr jetziges Leben betrifft; Situationen, die sie so nicht mehr erleben will. Isabel übernimmt das nicht für mich. Es ist mein

90

Leben und ich muss das selbst erledigen. Dann bin ich, nach Isabels Definition, der Chef in meinem Leben - also wichtig. Die wichtigste Person. Puh! Sie wendet sich wieder Isabel zu.

„Okay, ich glaube, ich weiß, was du meinst. Ich bin in meinem Leben wohl wichtig."

Isabel berührt sie ganz sacht an der Schulter und nickt.

„Weißt du, jeder Mensch spielt in seinem eigenen Leben die Hauptrolle. Das muss man sich einfach bewusst machen! In dieser Rolle kommen Fragen auf, wie: Wer bin ich eigentlich? Was ist mir wichtig? Wie will ich leben? Wie will ich mich ausrichten? Was ist mein Ziel? Das kann kein anderer für uns entscheiden. Die anderen können nicht in uns reinschauen und wissen daher nicht, was gut für uns ist, nur was ihnen selbst gut tut. Verstehst du?"

„Ja klar, die Ansage meiner Mutter zeigt es mir gerade ganz deutlich. Das tut mir nicht gut ... vielleicht ihr, das vermute ich ... aber wissen kann ich es dann wohl auch nicht, weil ich auch nicht in sie hinein schauen kann. Okay, ich verstehe vom Kopf her, was du mir sagen willst. Aber wirklich fühlen kann ich noch nicht, dass ich überhaupt, irgendwie oder irgendwo wichtig sein könnte." Tanja kratzt sich am Kopf.

„Und ich habe weiterhin keine Idee, wie ich aus diesem Dilemma herauskomme. Mit Mutter zu streiten hat keinen Sinn, da sie einfach tut, was sie sagt. Ohne Diskussion. Diskutieren hat es bei uns noch nie gegeben. Ich musste immer tun, was sie sagte und so wird es wohl sein, weil ich den Mut und das Zeug nicht habe, etwas gut hinzukriegen. Vielleicht hat sie ja Recht und ich tauge wirklich zu nichts."

Isabel schüttelt den Kopf und lächelt Tanja Mut machend an.

„Kannst du mir bitte helfen, Isabel?"

„Ich kann dich auf diesem Weg begleiten, doch nur wenn du ihn gehst und auch gehen willst."

„Welchen Weg?", stutzt Tanja.

„Es scheint so, als wenn du an einem Punkt in deinem Leben angekommen bist, der eine neue Ausrichtung erfordert, eine Veränderung deiner Denk- und Glaubensmuster, eine Entscheidung, dein Leben selbst in die Hand zu nehmen."

„Isabel, das fühlt sich wahr an. Ich glaube du hast Recht. Ich bin wirklich an diesem Punkt. Sag mir bitte, wie das alles geht und was ich tun muss."

Isabel nimmt sie in den Arm und lacht.

„Prima. Tanja, der Weg, auf den ich dich bringen möchte, dient deiner Bewusstwerdung. Du lernst, dein Leben bewusst zu gestalten. Du erschaffst dir deine kleine Welt. Auch auf diesem Weg liegen Steine, doch die sind dann zu deinem Nutzen, wenn du den Sinn dahinter erkannt hast. Ich lass das mal für jetzt so stehen. Denn, wie gesagt, es ist ein Weg. Alles kommt zu seiner Zeit dran.

Viel Zeit haben wir ja nicht, da deine Mutter schon ein Ultimatum gestellt hat. Eigentlich könnten wir diesen Vormittag noch nutzten, da du ja erst später arbeiten gehst … Was meinst du?"

Tanja strafft sich, holt tief Luft und steht zu ihrer Entscheidung.

„Danke Isabel! Ja, legen wir los." Dann muss sie lachen.

„Womit denn eigentlich? Wie denn überhaupt?" Doch Isabel hat schon eine Idee.

„Hol dir bitte mal Papier und Schreibzeug."

Als Tanja mit Stift und Block zurückkehrt, gibt sie ihr den Auftrag aufzuschreiben, was sie in ihrem Leben derzeit glaubt tun zu müssen. Nur ein paar Beispiele. Tanja schaut sie erstaunt an, setzt sich aber brav hin und schreibt nach anfänglichem Überlegen die ersten Sätze.

Isabel bittet sie diese Sätze laut vorzulesen und Tanja liest.

„Ich muss meine Kinder alleine versorgen, ich muss als Hauswirtschafterin arbeiten, ich muss mich um meine Mutter

92

kümmern, ich muss immer wieder warten bis Eric zurückkommt. Ich muss freundlich sein ... Ich muss tun, was von mir erwartet wird."

Erwartungsvoll blickt sie Isabel an, die dann fragt, wer ihr das denn gesagt habe?

„Ähm ...", stottert Tanja, die mit dieser Frage nicht gerechnet hat, „das habe ich so gelernt ... von meiner Mutter!"

„Und Tanja, wie fühlt sich das für dich an?"

„Schwer und anstrengend", gibt sie zu.

„Dann lies die Sätze bitte noch mal vor und ersetze dabei *muss* durch *könnte*."

„Ich könnte meine Kinder alleine versorgen, ich könnte als Hauswirtschafterin arbeiten, ich könnte mich um meine Mutter kümmern, ich könnte immer wieder warten bis Eric zurückkommt. Ich könnte freundlich sein. Ich könnte tun, was von mir erwartet wird." Sie macht eine Pause und schaut Isabel erstaunt an.

„Das fühlt sich um Welten besser an! ... So habe ich noch nie über mein Leben nachgedacht. Wenn ich das so sehe, habe ich das ja total falsch betrachtet. Ich wusste nicht, dass ich eine Wahl habe ..."

Isabel nickt.

„Das glauben viele Menschen. Wir haben die freie Wahl – immer! Ich möchte dir etwas erklären. Unsere Gedanken haben Kraft. Sie werden wahr. Das, was du beispielsweise über dich denkst, wird Realität. Wenn du denkst, dass deine Mutter über dich bestimmt, dann wird sie es auch tun. Wenn du an Stress und Anstrengung denkst, wirst du genau das erhalten."

Tanja starrt sie an.

„Du meinst, dass meine Mutter gar nicht so schlimm ist?"

„Das hat zunächst nur mit dir selbst etwas zu tun. Es gibt immer Opfer und Täter und du siehst dich als Opfer. Damit das funktioniert und du dich als Opfer erfahren kannst, benötigst du einen Täter. Du kommst ohne deine Gedanken bewusst zu ändern, nicht aus der Rolle raus. Verstehst du das?"

Tanja nickt langsam.

„Das bedeutet, dass ich anders denken muss?"

„Könntest! Du fühlst ja selbst, dass sich mit *könnte* alles bereits anders anfühlt."

„Vorlesen kann ich das, aber denken?"

Isabel winkt ab und redet weiter.

„Warte, da gibt es noch was. Ich habe dich eben gefragt, wer die wichtigste Person in deinem Leben sei. Voraussetzung, die wichtigste Person im eigenen Leben zu sein ist,   sich selbst zu lieben." Betroffen schaut Tanja Isabel an. Sie steht auf, geht ans Fenster und starrt nach draußen. Irgendwann sagt sie:

„Das kann ich nicht!"

„Mach dir einmal klar, wie besonders du bist! Wie einzigartig! Wie liebevoll! Wie stark! Wie wunderschön!"

Tanja schießen die Tränen in die Augen.

„Du, Tanja. Ja, du! Stell dich heute Abend mal vor deinen Spiegel, am besten nackt und sage dir, wie sehr du dich liebst."

„Isabel!!" Tanja ist entsetzt bei der Vorstellung so etwas zu tun.

„Wie könnte ich mich lieben? Ich hab nichts drauf, ich bin nicht schön, ich schaff nichts … ich … bin einfach in nichts gut genug."

„Stopp! Das hat alles nichts mit Liebe zu tun, das ist reine Selbstkritik!"

Kleinlaut fragt Tanja:

„Nicht gut, oder?" Isabel bleibt sachlich.

94

„Was ist der Punkt? Was genau kritisierst du an dir? Dass du nicht gut genug bist, wer hat dir das gesagt? Magst du mal aufschreiben, von wem du das gehört hast?"

Tanja holt tief Luft und seufzt. Dann nimmt sie den Stift wieder zur Hand und schreibt. Auf dem Zettel stehen nachher: ihr Klassenlehrer, ein Ausbilder in der Lehrzeit, die Mutter einer Freundin.

Isabel erklärt weiter:

„Du kannst dich an die Sätze erinnern, die sie damals sagten, nicht wahr? Fühl sie bitte mal, sie fühlen sich nicht gut an. Oder?" Tanja schüttelt den Kopf, ganz bedächtig und auch staunend.

„Diese Sätze sind heute noch in dir, sonst könntest du sie gar nicht so intensiv fühlen! Sie wurden dir in deiner Kindheit gesagt. Damals hast du geglaubt, dass sie wahr sind. Glaubst du das heute noch?"

„Isabel, das ist der Hammer! Eben habe ich gemerkt, wie sich die Umstellung meiner Muss-Sätze auf meine Gefühle auswirkt. Jetzt bin ich fast sicher, dass ich die Erkenntnisse aus meiner Kindheit nicht mehr glauben … muss … kann … will!" Das *will* brach schon ziemlich laut aus ihr heraus.

„Perfekt! Wenn du deine Gedanken verändern willst, ist das der Weg, der dir Veränderung bringt! Nicht hilfreich ist, zu glauben, dass die anderen sich verändern müssen. Nein, Du!"

„Das klingt nach viel Arbeit, Isabel. Ich weiß gar nicht, wann ich das tun soll?" Tanja schlägt die Hände vor die Augen.

„Ja, da ist Hausputz angesagt!", grinst Isabel. „Ich schreib dir nachher noch einen Buchtitel auf, damit du das, was ich dir erzählt habe, noch mal nachlesen kannst."

„Hilfreich ist es, wenn du dich hinsetzt und tatsächlich fühlst, was solche Sätze in dir auslösen. Meist wollen wir das nicht fühlen und weichen dem aus. Gefühle wollen einfach nur gefühlt werden. Mehr wollen sie nicht! Lass jedes Gefühl zu und fühle es – irgendwann hört es auf und dann ist das Thema oft schon erledigt."

„Das klingt nicht wirklich leichter", lacht Tanja, ermattet nach den reichhaltigen Informationen.

„Ich denke, das reicht auch für den Anfang. Ach ja, vielleicht solltest du dem Lehrer, zum Beispiel, der dir damals etwas Unangenehmes gesagt hat, das sich bis heute nicht gut anfühlt, seine Bemerkung vergeben. Vergebung ist ein ganz wichtiges und großes Thema."

„Egal, wie anstrengend. Isabel, ich mach das!"

„Okay, dann gönne ich dir noch etwas Entspannung." Isabel lächelt Tanja an.

„Wir haben ja noch Zeit heute - du hast ja erst später Dienst und die Kinder kommen auch noch nicht." Isabel legt den Zeigefinger an die Nasenspitze und denkt nach.

„Wir brauchen einen für dich neutralen Raum, daher schlage ich vor, dass wir in meine Wohnung gehen. Ich fahre jetzt los und du kannst, sagen wir", sie blickt wieder auf ihre Uhr, „in einer halben Stunde nachkommen. Bis dahin habe ich alles vorbereitet. Ist das okay für dich?"

Sie nickt Tanja aufmunternd zu. Tanja ist nach all dem Input etwas erschöpft, holt aber tief Luft, um darauf ihr Einverständnis zu signalisieren.

„Bis gleich!"

## Herz öffnende Begegnung

Tanja fühlt sich in Isabels Wohnung direkt wohl.

„Es ist so friedlich hier", bemerkt sie. „Der Blick in deinen Garten ist wundervoll, so gemütlich ist alles hier. Wie ein Zuhause!!"

„Danke dir", freut sich Isabel. „Du kannst dich gerne da hin setzen, damit du den Blick in den Garten weiter genießen

96

kannst, wenn du magst", und weist auf das bequeme Sofa. Sie selbst setzt sich neben Tanja. Auf dem Tisch brennt schon eine Kerze und Blumen aus dem Garten stehen in einer Vase. Tanja fühlt sich richtig wohl hier.

„Und jetzt?"

„Wenn du magst, schauen wir uns zu allererst mal deine Beziehung zu deinen Eltern an."

Tanja schaut ein bisschen skeptisch, denn ihren Vater kennt sie ja gar nicht und das Verhältnis zu ihrer Mutter, na ja, ist mehr als bescheiden. Doch Isabels ermutigender Blick entspannt sie wieder und sie nickt.

„Okay. Ich bin bereit."

„Pass auf, ich erkläre dir jetzt erst, was wir tun werden. Ich führe dich in eine rein gedankliche Begegnung mit deinen Eltern."

Tanja nickt zustimmend.

„Du atmest tief ein, ein paar Mal und entspannst. Du kannst dann, wenn du magst, deine Augen schließen und ich führe dich durch eine wunderschöne Landschaft. Auf deine Weise wirst du das alles in deinem Inneren wahrnehmen können. Danach geht es weiter zu deinem Elternhaus. Du schaust dir alles an, es ist genauso, wie du es in Erinnerung hast. In einem Raum, vielleicht in eurer damaligen Küche, warten deine Eltern bereits auf dich … ."

Isabel spricht mit sanfter Stimme und Tanja wird immer ruhiger und schließt ihre Augen.

Sie kann tatsächlich einzelne Schauplätze vor ihrem geistigen Auge erkennen und findet sich auch in ihrem Elternhaus zurecht. Ihre Eltern warten, wie angekündigt, in der Küche auf sie.

Tanja ist ganz überrascht, ihren Vater zu sehen, das hat sie nicht erwartet. Plötzlich übermannt sie eine nie wahrgenom-

97

mene Traurigkeit und Tränen fließen durch ihre geschlossenen Augen.

Ganz sanft legt Isabel ihre Hand auf Tanjas Rücken, Tanja nimmt es kaum wahr. Doch in dem Moment fühlt sie eine tiefe Liebe in sich aufkeimen. Diese Liebe ist so stark, dass sie nicht nur sie selbst einhüllt, sondern den ganzen Raum, in dem sie sich sieht. Der Raum wird heller, lichtvoller und schwingt höher.

Ihre Liebe erfüllt alles, auch ihre Eltern.

Nun sieht sie ihre Eltern mit den Augen der Liebe, mit dem Herzen. So kann sie erkennen, dass ihre Mutter und ihr Vater nie eine derartige Liebe erfahren haben und Tanja kann auf sie zugehen und beide liebevoll umarmen und ihnen die Liebe geben, die sie gerade in sich fühlen darf.

Isabel hat ihr bedingungslose Liebe geschickt, die Liebe, die alles verzeiht, die alles so sein lässt, wie es ist, ohne Wertung, ohne Urteil. Die einfach ist.

Mit einem vollkommen entspannten und seligen Gesichtsausdruck sitzt Tanja auf dem Sofa, Isabel hat sie aus der Meditation wieder herausgeführt und ihr noch eine Weile Zeit gelassen um dem Erlebten nachzuspüren.

„Isabel, das war himmlisch, so etwas habe ich noch nie erfahren dürfen. Danke dir!"

Nach und nach sackt das Erlebte und sie versucht, es in Worte zu fassen, um mehr zu begreifen.

„Dieses wohlige Gefühl … etwas davon ist noch in mir …. ich fühlte mich das erste Mal gehalten … beschützt … geliebt."

Die Tränen der Rührung laufen ihr über die Wangen.

Auch Isabels Augen schwimmen. Die beiden Frauen sitzen nebeneinander und halten ihre Hände.

„Dazu kommt noch dieses wunderbare Gefühl, auch meine Eltern lieben zu können. Ich bin ihnen gar nicht mehr böse, was heißt böse? Das ist jetzt egal. Jetzt liebe ich sie und … ich

98

glaube, meine Mutter ist auch nie so geliebt worden. … Ich … ich glaube…"

Sie schluchzt und weint, schlägt die Hände vor ihr Gesicht. Dann holt sie tief Luft und sagt ganz erstaunt:

„Ich glaube, ich kann ihr vergeben, dass sie mich immer so lieblos kommandiert und über mein Leben bestimmt hat."

Fragend blickt sie Isabel an.

„Liebe vergibt, Liebe urteilt nicht, Liebe nimmt jeden so, wie er ist", flüstert Isabel andächtig und drückt Tanjas Hand.

„Ich habe meinen Vater gesehen, ich kenne ihn gar nicht, ich war nicht wichtig in seinem Leben. Ich kann ihn verstehen und ich kann ihm vergeben, dass er nie für mich da war."

Weitere Tränen kullern aus Tanjas Augen, es sind so viele, die darauf gewartet haben, endlich geweint zu werden.

Isabel nimmt sie in den Arm und hält sie nur.

## Vielversprechendes Date

Tatsächlich flattert Florines Herz ein wenig, als sie feststellt, dass Paul versucht hat, sie anzurufen. Es dauert jedoch noch ein paar Stunden, bis sie ihn endlich erreichen kann.

„Hey Paul, wie geht's?", fragt sie betont lässig.

„Ganz gut", hört sie seine dunkle Stimme sagen.

„Hast du neue Informationen für mich? ", prescht sie neugierig vor.

„Aber ja doch, meine liebe Florine! Doch gestatte mir zunächst die Frage nach dir? Wie geht es denn dir?".

„Oh, Mann, ich bin total aufgeregt, dass der Super-Reporter Paul hier anruft! Nun sag schon, habt ihr etwas herausgefunden?"

Paul lacht und bedankt sich ausführlich für das Kompliment, bevor er grinsend zur Sache kommt.

„Melanie, meine Kollegin, hat den Kontakt hergestellt. Die gesuchte Kollegin heißt Caroline West, eine Deutsch-Amerikanerin und sie trägt tatsächlich einen knallroten Pagenkopf. Schau dir doch bitte das Foto an, was ich dir gerade per WhatsApp zugeschickt habe."

Florines Finger fliegen über ihr Smartphone und das Foto öffnet sich.

„Ja, das könnte sie sein. Es ist ja schon ein paar Wochen her, seit ich sie sah, aber … ja, ja … das ist sie! Paul super! Danke."

„Prima, dann könnte ich dir ja heute Abend bei einem Bierchen oder zwei in Karls Tanzkneipe ihre Kontaktdaten und alles weitere überrei ..."

"Paul!", Florine tut entsetzt.

„Ja, … das war doch der Plan, oder nicht?"

Florine schüttelt kichernd ihren Kopf.

„Okay, du Schwerenöter – 19 Uhr??"

„Wunderbar, bis dahin, Florine!" Damit legt er auf.

Florine schaut mit einem dezenten Glücksgefühl auf die Uhr. Sie hat gleich Feierabend und dann noch zwei Stunden Zeit, sich mit ihrem Kleiderschrank zu beschäftigen, um das passende Outfit für heute Abend auszusuchen.

„Vorher ist aber noch Zeit, um den Namen *Caroline West* zu googeln", grinst sie schelmisch vor sich hin.

## Malerischer Sonnenaufgang

„Was für ein Sonnenaufgang!!" Schnell springt er aus dem Bett und öffnet das Fenster. Die hinein strömende Morgenluft ist noch recht frisch, doch Eric hat das Bedürfnis, einen unverstellten Blick auf das Naturereignis zu haben, das sich direkt vor seinen Augen abspielt.

„Diese Farben!" Er saugt das Bild geradezu in sich auf. Wirklich zufriedenstellend gelungen ist es ihm noch nicht, so et-

100

was mit Pinsel und Farbe auszudrücken. Eine ständige Herausforderung und innerer Antrieb, noch besser zu malen.

„Mr Brisborne hat recht. Ohne beständiges üben und lernen, kommt man im Leben nicht weiter!" Tatsächlich sind die Farbakzente in diesem großartigen Land fast unnachahmlich, und gleichzeitig inspirierend ohnegleichen! Die Reise auf die andere Seite der Erde hat sich gelohnt.

Eric greift nach seinem Kaffee und spuckt ihn gleich darauf wieder aus. Kalt! Brrr! So lange hatte er hier gestanden und dem Wunderwerk der aufgehenden Sonne zugeschaut?

Noch verwundert über sich selbst kocht er einen neuen Kaffee und setzt sich kurz darauf fröhlich pfeifend an seine Staffelei.

## Gedanken fließen

„Guten Morgen", ruft Isabel fröhlich, als sie die Wohnungstür bei Boennkes aufschließt. Die Kinder wuseln noch im Flur und Tanja hilft ihnen beim Anziehen. Es liegt eine entspannte Atmosphäre in der Luft.

„Guten Morgen, Isabel", antworten die beiden Mädels fast im Chor und kommen gleichzeitig, um Isabel zu umarmen.

„Wir gehen in den Kindergarten, heute hat ein Kind Geburtstag und da gibt es Kuchen!", erklärt Clarissa aufgeregt und Maline bestätigt glücklich:

„Kuchen essen ... lecker," und reibt sich dabei den Bauch. Alle lachen!

Isabel freut sich über die schöne Stimmung. Da schellt es schon. Die Kinder werden abgeholt und laufen voller Freude mit den Nachbarskindern los. Gute Laune überträgt sich schnell, bemerkt Isabel.

Tanja hat noch einen Moment Zeit, bevor sie zur Arbeit fährt und setzt sich an den Küchentisch.

101

„Isabel, ich will dir von ganzem Herzen noch für das gestrige Erlebnis danken."

„Es hat auch mir Freude gemacht und du weißt jetzt … Liebe teilt", dabei strahlt sie Tanja glücklich an. „Wie geht es dir denn heute?"

„Ich habe großartig geschlafen, ich fühle mich wie neu geboren, voller Tatendrang. Und bin heute Morgen mit der Erkenntnis aufgewacht, dass ich jetzt auch in der Lage sein sollte, mit meiner Mutter zu reden."

Isabel lächelt und hält ihren Daumen hoch:

„Siehst du? Liebe heilt, Tanja. Ja das ist ein guter Gedanke! … und … Du hast gestern etwas ganz Wichtiges erlebt: DU hast die Begegnung mit deinen Eltern zugelassen!! Und das ist DEINE Leistung gewesen, Tanja!! Feiere dich!!! … Du bist wichtig!! Die Welt wartet auf dich!"

Tanja wird rot, etwas verlegen sagt sie:

„Ich glaube, ich brauche noch eine Weile, um das glauben zu können. Da muss vieles erst noch sacken. Danke dir!!!"

„Ach Tanja, da fällt mir noch was ein ... Erinnerst du dich an die Menschen, die dich in deiner Kindheit kritisiert haben? Du hast sie aufgeschrieben. Ist dir aufgefallen, dass deine Mutter gar nicht darunter war?"

Tanja steht ganz starr – und starrt gedankenvoll in den Raum.

„Weißt du, das stimmt! Sie hat immer alles allein gemacht, so dass ich nie eine Chance hatte, etwas selbst zu tun. Isabel, mir kommt da ein ganz neuer Gedanke: Vielleicht wollte sie mir mit ihrem – in meinen Augen - übergriffigen Verhalten gar nicht sagen, dass ich es nicht kann, sondern, dass sie für mich sorgt."

Sie steht auf, umarmt Isabel und macht sich, ohne weitere Worte, auf den Weg zur Arbeit.

Isabel gibt ihren Dank für die schöne Entwicklung in Tanja im Stillen nach 'oben' weiter.

Tanja geht kurz entschlossen zu Fuß. Beim Gehen kann sie besser nachdenken.

Was war das gerade? Ihre Mutter hat sie gar nicht kritisiert? Und in ihrem Kopf war dauernd der Gedanke, dass sie alles falsch mache und der Mutter nichts recht machen könne. Sie wollte statt dessen für mich sorgen, mich beschützen? Das wäre ja eher - ja tatsächlich, lieb gemeint gewesen. Also, das hatte sie dann all die Jahre völlig falsch gesehen! Das war ja ein positiver Ansatz, den Tanja nie in Zusammenhang mit ihrer Mutter gebracht hätte. Wie dumm von ihr! Fast wollte sie schon in ihr altes Muster fallen und bestätigen, wie wertlos sie selbst war.

„Stopp!", bekräftigt sie laut. Zwei Passanten, die vor ihr spazieren gehen, drehen sich überrascht um. Tanja merkt es gar nicht und spricht hörbar weiter.

„Mutter hat mich nie losgelassen, nie eigene Erfahrungen machen lassen und jetzt will sie sich wieder einmischen. Nein!" Sie biegt in den Park ab, dort ist es um diese Zeit fast menschenleer.

'Aber sie tut es aus einer positiven Absicht heraus', entgegnet die innere Stimme in ihr.

„Mag ja sein ... Okay, das will ich anerkennen. Sie ist also nicht streitsüchtig und übergriffig."

Tanja kickt einen Stein weg, fast wütend! Und noch einen! Sie bemerkt ihre Wut, schaut sich schnell nach allen Seiten um und stößt mehrere laute Schreie aus. Ihre Wut will raus! Jetzt! Plötzlich kommt hinter den Sträuchern ein Hund gelaufen und gleich dahinter sein Herrchen. Der grinst fröhlich:

„Geht es Ihnen jetzt besser?"

Tanja starrt ihn an und muss lachen:

„Ja!!", ruft sie erleichtert.

Damit geht jeder seiner Wege.

'Bist du jetzt im Reinen mit ihr?', die innere Stimme ist noch nicht fertig.

Tanja fühlt in sich hinein. 'Wenn meine Mutter mich also gar nicht kritisiert hat...' Weiter kommt sie nicht, denn ihr Unterbewusstes setzt einen neuen Impuls.

'Denk doch mal darüber nach, was du alles kannst', inspiriert es Tanja.

Das ist jetzt doch, trotz allem, noch eine Herausforderung.

'Nun, wohin gehst du denn gerade?', hilft die innere Stimme nach.

„Zur Arbeit! Ja, stimmt! Ich habe einen Beruf gelernt. Ich verstehe mein Handwerk und ich mache es gut und gerne, auch wenn es anstrengend ist", Tanja denkt wieder laut weiter.

„Ich kann lesen, rechnen und schreiben, kochen, putzen, weinen und lachen" lacht sie und macht sich Mut.

„Ich habe einen Ehemann. Und den habe ich mir selbst ausgesucht. Ohne Mutter. Ich habe drei Kinder und ich sorge für sie. Ohne Mutter. Es geht ihnen - weitestgehend - gut. Es sind selbstbewusste liebe Kinder, die sich schon behaupten können, seien sie noch so jung." So langsam läuft sie sich warm.

„Und ich bin … eine gute Mutter. Wenn Eric da ist bin ich eine gute Ehefrau. Und ich habe meiner Mutter vergeben und … das geht noch nicht so leicht über meine Lippen, ja ich glaube, ich habe meine Mutter lieb. Puh! Ich liebe Katinka, Clarissa, Maline und ich liebe Eric. Und...". Sie holt tief Luft.

„Und ich liebe mich … nun hab ich es gesagt ... na, das geht doch ... Ich bin … ja, ich bin mutig, denn ich stelle gerade meine Sicht auf mein Leben um."

Abrupt bleibt sie stehen.

„Ups!" Beinahe wäre sie an ihrer Ziel vorbei gelaufen. Tanja atmet noch einmal die schöne frische Luft ein, sie fühlt sich in Balance, besser als jemals zuvor. Frohen Mutes und mit einem Lächeln im Gesicht dreht sie um und betritt ihre Arbeitsräume.

## Vertrauen

Isabel sitzt noch in Tanjas Wohnzimmer und erinnert sich:
Der Gedanke an die schöne Entwicklung, die ihre Partnerschaft mit Björn genommen hat, lässt Isabel ein vollkommen glückseliges Gefühl spüren. Sie liebt ihr Leben. Und das Leben liebt sie. Lange Jahre fühlte sie sich in ihrer Partnerschaft oft nur zufrieden, aber nicht glücklich. Als gläubiger Mensch gab sie im Laufe ihrer Ent-wicklung auch dieses Thema an Gott ab ...
Tanja kommt herein. Sie hat ihren Kindern noch eine gute Nacht gewünscht und lässt sich jetzt in den großen Sessel fallen.
„Sag mal Isabel, hast du noch etwas Zeit?"
Isabel nickt lächelnd, denn diese Frage erklärt ihren Impuls, sich nach ihrer Arbeit mit einer Tasse Tee noch etwas in Tanjas Wohnzimmer zu setzen.
„Ich habe in letzter Zeit viel über mich selbst und meine Probleme nachgedacht ... So ausgeglichen, wie ich dich wahrnehme, wäre ich auch gerne. Kannst du mir sagen, wie du das geschafft hast?"
Isabel lächelt leise vor sich hin und lässt sich mit ihrer Antwort Zeit bis die richtigen Worte kommen. Tanja kennt das nun schon und bleibt geduldig.
„Wie passend, dass du das gerade jetzt fragst", beginnt sie.
Tanja zieht die Augenbrauen erstaunt hoch, schweigt aber.
„Erst gestern Abend habe ich festgestellt, wie wunderbar ich doch geführt werde. Einen Rat kann und mag ich dir nicht geben, ich kann dir nur erzählen. wie ich wach geworden bin", erinnert sich Isabel.

„Geführt?" wundert sich Tanja.

„Ja, tatsächlich geführt von oben, von Gott, von der Quelle, wie auch immer du das nennen willst. Ich hatte mich dort vor einer längeren Weile beschwert", sie lacht kurz auf und Tanja staunt nur noch.

„Ja, beschwert – und zwar darüber, dass mein Leben mit Björn so vor sich hin dümpelte und mir nur Zufriedenheit brachte, aber kein wirkliches Glücksgefühl! Ich sprach mit Gott darüber. Ich wartete nicht einmal auf eine Antwort. Ich wusste damals gar nicht, wie ich seine Antwort hätte verstehen können. Aber ich hatte mir wenigstens meinen Frust von der Seele geredet und fühlte mich danach bedeutend wohler."

Isabel macht eine Pause und blickt in ihre Tasse, nimmt einen Schluck und spricht weiter.

„Ziellos stolperte ich durch Buchhandlungen, ohne zu wissen, was ich suchte. Doch jedes Mal fiel mir das ein oder andere Buch in die Hände, dass ich dann regelrecht verschlang. Bücher mit für mich neuen Themen, spirituelle Themen. Letzten Endes erkannte ich, dass sie uraltes Wissen neu vermitteln. Es wurden Weltsichten beschrieben, die mir anfangs noch abenteuerlich und verrückt erschienen. Doch es fühlte sich für mich alles wahr an. Es war wie ein *Ja* in mir. In mir wusste – oder besser weiß Etwas, dass die Welt so, wie ich sie bisher gesehen hatte, nicht vollständig war. Da gibt es noch so unglaublich viel mehr. Tanja, es ist phantastisch! Mit diesem neuen Wissen kann ich mein Leben, die sogenannte Realität da draußen, einfach viel besser verstehen."

„Hast du dich denn auch mit jemandem darüber ausgetauscht?"

„Weißt du, Björn und ich haben immer viel miteinander geredet und er ist ein sehr guter Zuhörer. Er ist offen für alle Themen, die ich brachte. Immer noch!", zwinkert sie Tanja zu.

106

„Dann tauchten Menschen in meinem Leben auf, die auch so dachten, wie ich. Begeistert teilten wir unser Wissen und unsere Erfahrungen. Ich lernte wieder Neues dazu und wurde mutiger."

„Mutiger?"

„Ja, erst belegte ich Kurse, um eigene Erfahrungen zu machen. Meditationen, kosmische Gesetze, Hausreinigungen, Räuchern, Seelen und ihre Pläne, Transformation, Aufstieg, Erwachen, neues Zeitalter, all diese Themen beschäftigen mich sehr – sie tun mir einfach gut Später besuchte ich auch Lehrgänge, die eine Begleitung, eine Vorbereitung auf dem Weg zum Heiler oder zur Heilerin anbieten."

„Isabel, du heilst Menschen? Und das kann man lernen?" Jetzt kann Tanja ihre Überraschung nicht verbergen.

„Langsam …", lacht Isabel.

„Dabei geht es um viel Arbeit an sich selbst. Das, was ich dir bisher empfohlen habe, zu tun, ist erst der Anfang. In uns sitzt ganz viel Verborgenes.

Tanja, weißt du, heilen kann ich niemanden, nur mich selbst. Jeder heilt sich selbst, bekommt dabei Unterstützung von Gott oder seiner Seele und von einem Kundigen, wie zum Beispiel mir. Ich bitte um die universelle Heilenergie und lenke sie auf die Person, die mich darum gebeten hat. Dabei lege ich die Hände nicht einmal unbedingt auf seinen Körper, sondern verbleibe oft in seiner Aura. Man kann das auch aus der Ferne zu tun."

„Aura? Das habe ich schon einmal gehört. Die ist um uns herum, nicht wahr?" Tanja ist hellwach und interessiert.

„Ja, sie besteht aus verschiedenen Körpern, die noch um uns sind. Sie werden als feinstoffliche Körper bezeichnet und einige Menschen können sie auch sehen. In ihnen sind verschiedene Aspekte unseres Seins gespeichert, zum Beispiel

107

unsere Gedanken im Mentalkörper oder unsere Emotionen im Emotionalkörper."

„Okay, ich könnte dich jetzt mit Fragen löchern, will aber erst noch auf meine erste Frage zurückkommen. Was hast du mit Führung gemeint?"

„Weißt du, ich habe immer mehr begriffen, wie das Leben funktionieren könnte, wie es gemeint ist. Jemand schrieb, dass wir hier ein Leben leben, jedoch ohne die Spielregeln überhaupt zu kennen. Es gibt Gesetzmäßigkeiten … manche sind uns vielleicht noch aus Sprichwörtern bekannt, aber uns ist nicht bewusst, wie aussagekräftig sie tatsächlich sind und wie grundsätzlich sie wirken." Isabels Begeisterung schwappt mehr und mehr auf Tanja über.

„Ich könnte jetzt schon wieder tausend Fragen stellen", wirft Tanja ein.

„Ja klar", lacht Isabel, „warte, lass mich deine Frage nach der Führung erst noch beantworten. Diese – ich sag mal – für mich neuen Regeln anzuwenden hat mich viel Zeit gekostet. Ich habe geübt, auf meine Gedanken zu achten, auf meine Worte, auf mein Tun. Welche Worte brauche ich? Und vor allem, welche Gefühle nehme ich wahr?. Darüber kam mehr Bewusstheit in mein Leben. Ich habe mich häufig mit göttlichen Energien verbunden. Und mit der Zeit veränderte ich mich … Und, wie du ja schon weißt, mein Hellsehen kam wieder. Du erinnerst dich an den Nachmittag mit den Feen!" Isabel strahlt.

„Und mit jedem neuen Schritt, jedem bewussten Atemzug, kamen und kommen neue Chancen in mein Leben. Alte „Baustellen" konnten abgearbeitet, Glaubensmuster aufgedeckt und transformiert werden …

Ich bin viel mehr, als ich dachte, ich lege mein wahres Selbst immer mehr frei. Tanja, das ist … das begeistert mich von Tag zu Tag. Die immer wiederkehrenden Wellen, das ständi-

108

ge Auf und Ab des Lebens, die Hochs und Tiefs, du weißt was ich meine?"

Tanja nickt wissend vor sich hin.

„Diese Wellen werden kleiner. Ich komme mehr und mehr in die Neutralität, in meine innere Balance. In die Akzeptanz des *Alles ist wie es ist*. Das ist die Vollkommenheit Gottes, denn Gott macht keine Fehler.

Isabel ist nicht mehr zu stoppen.

„Ich bin kein Körper, kein Gefühl, sondern so wie Gott mich geschaffen hat, als Energie, reines Licht, pure Liebe. Sie ist göttlich. Und das ist unser Ursprung. Das sind wir. Das bist du und das bin ich. Verstehst du, dass ich nicht mehr zufrieden, sondern glücklich bin und … Bei all diesen Erkenntnissen, Erlebnissen, die mich Schritt für Schritt weiter bringen, aufeinander aufbauend, fühle ich mich von Gott geführt!"

„Ich ahne zumindest, wovon du sprichst. Führung ist … Du meinst damit, dass alles zur passenden Zeit in dein Leben kommt und dir die Erfahrung bringt, die genau dann hilfreich ist, die du genau dann brauchst", versucht Tanja ihr zu folgen.

„Das hast du perfekt nachvollzogen", grinst Isabel strahlend.

„Und was ist jetzt mit Björn?"

„Björn kam nicht so ganz mit, seine Gefühle sind noch weiter verschüttet gewesen, als meine es waren. Ich war ihm zu schnell. Daher hat er sich entschieden, ein Sabbatjahr zu machen. Zur Zeit lebt er in einem Ashram in Indien. Dort will er sich weiter erforschen und ich bin mir sicher, dass er seinen Weg gehen wird."

„Und danach? Bleibt ihr zusammen?"

„Ich weiß es nicht. Wenn wir danach gemeinsam in die gleiche Richtung schauen, gehen wir zusammen weiter. Wenn

109

nicht, gibt es andere Lösungen. Das Thema hab ich in Liebe nach oben abgegeben."

„Wow! Isabel, ich bin im Moment … ja, … mir schwirrt der Kopf. Das war eine ganze Menge Neues für mich. Deine Ausgeglichenheit und Ausstrahlung haben mich schon bei unserer ersten Begegnung beeindruckt. Und das hier alles, danke, dass du mir so offen davon erzählt hast. Darüber werde ich noch eine Weile nachzudenken haben."

„Liebend gerne, Tanja. Ich danke dir fürs Zuhören. Es ist ja wirklich viel Input gewesen. Ich hoffe es war nicht zu viel. Du siehst müde aus", stellt Isabel entschuldigend fest. Tatsächlich sieht Tanja ziemlich müde aus.

„Das, was du mir alles erzählt hast, ist die Müdigkeit wert", schmunzelt Tanja.

Lachend steht Isabel auf, drückt sie sanft und macht sich auf den Heimweg.

## Die Freiheit ruft

Laute Musik schallt durch die ganze Wohnung. Dazu hört man eine Kinderstimme. Katinka ist schon fast heiser, aber sie singt aus voller Kehle mit und strahlt!!

Isabel hat ihr gestern von der Schriftstellerin Astrid Lindgren und ihren tollen Büchern erzählt. Katinka ist ganz begeistert von dem starken Mädchen.

Heute morgen waren die beiden gemeinsam in der Bücherei und haben eines ihrer Bücher ausgeliehen und jetzt liest Isabel in jeder freien Minute vor und wenn das mal nicht geht, hört Katinka voller Freude den verschiedenen Liedern, die es im Internet gibt, zu.

Nachmittags singen sie zu dritt. Die beiden Kleinen sind noch nicht ganz textsicher, aber Lautstärke und Begeisterung passen zur Stimmung als Tanja nach Hause kommt.

„Hey, was ist denn hier los? Feiert ihr ohne mich?" Erst als sie die Lautstärke am Laptop etwas reduziert wird sie wahrgenommen.

„Mama, Mama, kennst du ...", kreischen alle drei laut durcheinander, so dass Tanja eigentlich gar nicht verstehen kann, um wen es geht. Doch sie weiß es, jeder kennt sie.

„Und ob ich die kenne!", lacht Tanja und zwinkert ihren Kindern zu.

„Singst du mit uns?"

„Na klar!" Ihre Müdigkeit ist verflogen. Gut gelaunt dreht Tanja die Musik wieder lauter und alle singen aus vollem Hals mit.

Irgendwann steht Isabel lachend hinter Tanja, legt ihr den Arm um die Schulter und flüstert ihr ins Ohr:

„Du, deine Nachbarin von gegenüber hat gerade geschellt und gefragt, ob ihr vielleicht etwas leiser singen könntet."

„Soviel zu ... ich lebe so wie es mir gut tut!", prustet Tanja los und dreht die Musik leise. „Dafür bräuchten wir jetzt ein eigenes Häuschen, wo man singen, schreien, lachen, spielen kann ohne Rücksicht nehmen zu müssen. Alles geht eben noch nicht!" Dann singt sie mit den Kindern im übertrieben leisen Flüsterton weiter und danach werfen sich alle aufs Bett, lachen und umarmen einander.

Isabel schaut sie liebevoll an und dankt und segnet mal wieder!!

# Wandlung

Endlich Feierabend, Ruhe und Entspannung ... Tanja hat sich schon die ganze Woche auf diesen Abend gefreut. Viel ihrer Energie musste sie die letzte Zeit in ihren Job stecken, da einige Kolleginnen immer wieder krank waren. Außerdem gab es weiterhin jede Menge zu organisieren und zu telefonieren.

Sie musste Katinka immer wieder zu Ärzten und Therapeuten bringen, mit dem Physiotherapeuten sprechen, weil sich die derzeitigen Termine mit denen eines neuen Therapeuten überschneiden. Das alles zapfte ihre letzten Reserven an.

Bewaffnet mit einer großen Tasse von Isabels wundervollem Kräutertee geht sie ins Wohnzimmer. Dieser Tee beruhigt sie immer wieder, sodass sie wunderbar schlafen kann und bei derzeit fünf Stunden Nachtschlaf ist dies für sie dringend nötig, um halbwegs regeneriert aufzuwachen.

Tief seufzend lässt sie sich auf das Sofa fallen. Ihre Gedanken wandern durch die vergangene Woche und landen bei dem noch spürbaren Erlebnis in Isabels Wohnung.

Sie kann sich nicht erinnern, jemals eine solche Liebe gefühlt zu haben. Jetzt ganz bewusst an ihre Mutter zu denken fühlt sich erstaunlich angenehm an.

Mit einem Mal glaubt sie an Lösungen und kann sich tatsächlich vorstellen, mit ihrer Mutter zu reden.

Ihre Gedanken jäh unterbrechend schellt das Telefon und Tanja fragt sich, wer um diese Zeit noch anrufen mag? Schnell nimmt sie ab, damit die Kinder nicht noch von dem Geräusch wach werden.

„Hallo?", fragt sie in den Hörer.

Am anderen Ende hört sie ein leises Schluchzen.

„Tanja? Bist du dran?", glaubt sie heraus zu hören und fragt sich, ob das tatsächlich die Stimme ihrer Mutter sein kann.

„Mutter, bist du das?", forscht sie.

„Was ist passiert?"

Vergeblich versucht sie sich zu erinnern, die Mutter einmal weinen gehört zu haben.

„Tanja, ich weiß nicht, was passiert ist … ", Gerda putzt sich geräuschvoll ihre Nase.

Gespannt wartet Tanja ab und setzt sich, für sie selbst unerwartet entspannt, wieder auf das Sofa.

112

„Tanja, ich sitze hier schon eine Weile und dann bin ich wohl eingenickt."

Wieder eine Pause.

„Ich weiß nicht, wie lange ich geschlafen habe, aber irgendwie zog mein Leben an mir vorüber." Tanjas Mutter scheint sehr berührt von ihrem Traum zu sein und sucht immer wieder nach passenden Worten. Doch bei den letzten Worten bekommt Tanja eine leichte Gänsehaut.

„Ich glaube ich habe auch Engel gesehen. Erst dachte ich, ich bin tot … "

Tief Luft holend fährt sie fort:

„Ich fühlte mich so klein, so unwohl, ich glaube ich hatte Angst. Angst zu hören, was ich alles falsch gemacht habe."

Sie weint wieder und schluchzt weiter:

„Und das, was der Engel mir gezeigt hat, war auch nicht gut. Er sagte zu mir: … ich solle auf die Liebe achten, ohne Liebe … kann ich nicht mehr leben. Und in dem Film … sah ich, dass meine Ehe ohne Liebe war. Ich konnte … keine Liebe geben, ich kannte keine Liebe. - Meine Mutter war streng, es gab strenge Regeln, kaum Zuneigung, und ich kann mich … nicht an Liebe erinnern. Oh Tanja, es tut mir so leid … "

Tanja laufen die Tränen die Wangen hinab, sie hält den Hörer dicht an ihr Ohr gepresst.

„Tanja, es kommen so viele Gedanken in meinen Kopf … Tanja, ich hab ja nie gewusst, wie man liebt. Wie kann ich denn weitergeben, was ich gar nicht kenne? Ich habe gedacht, wenn ich für dich sorge, Verantwortung übernehme, dann bin ich eine gute Mutter. So wie meine Mutter wollte ich niemals sein. In dem Film habe ich gesehen, dass ich genauso bin wie sie."

Stille. Gerda schnieft.

„Tanja, bitte, bitte, vergib mir, das wollte ich nicht. Ich wollte es besser machen. Ehrlich!"

113

Sie holt wieder tief Luft, dann spricht sie schluchzend weiter:

„Und dann hat der Engel mich umarmt, Tanja, … du glaubst das nicht … das hat ein Gefühl in mir ausgelöst, das ich in meinem ganzen Leben noch nie empfunden habe und weißt du, was ich glaube, was es war?"

Sie wartet nicht auf Tanjas Antwort, sondern spricht ergriffen weiter:

„Das war Liebe, tiefe wahre Liebe, Tanja – Jetzt erst weiß ich, wie sich das anfühlen kann."

Tanja wischt sich die Tränen aus dem Gesicht, was kaum geht, da immer neue kommen; ringt tief nach Luft und versucht zu antworten. Doch ihre Mutter ist noch immer nicht fertig:

„Tanja, er hat noch mehr gesagt, … der Liebesengel. Er, er sagte: Liebe engt nicht ein, Liebe gibt frei! Und dabei leitete er meine Gedanken zu dem Teil meines Lebensfilms, der dich betrifft. Das machte mir noch mehr bewusst, wie sehr ich dich gegängelt, bevormundet und eingeengt habe."

Gerda weint wieder laut und schnäuzt sich.

„Tanja, es tut mir so sehr leid, ich kann kaum beschreiben wie sehr. … Ich erkenne jetzt, warum ich mich so allein fühle, warum mich keiner liebt. … Warum meine Enkelkinder sich nicht freuen, wenn ich komme."

Wieder Stille.

„Bitte Tanja, gib mir noch eine Chance. … Ich möchte in der restlichen Zeit, … die ich noch habe in diesem Leben, alles wieder gut machen. Ich möchte … Ich liebe dich!!"

Mehr ist nicht zu verstehen. Gerda weint und weint.

„Mama, alles ist gut! Ich liebe dich auch" schluchzt nun auch Tanja in den Hörer. Nach einer Weile gemeinsamen Weinens verabreden sie, sich morgen zu sehen und alle weiteren Dinge – liebevoll – miteinander zu klären.

114

Tanja legt den Hörer auf und starrt erstaunt auf das Telefon. Sie stellt fest, dass ihre Angst vor ihrer Mutter vollkommen verflogen ist.

In Gedanken hört sie das Gespräch noch immer und ihr fällt dabei auf, dass sie zum ersten Mal in ihrem Leben *Mama* zu ihr gesagt hatte.

Plötzlich hat sie das Gefühl, dass der Engel, der ihre Mutter besucht hat, bei ihr ist, auch sie liebevoll umarmt und die durch die verschwundene Angst entstandene Lücke in ihr mit Liebe auffüllt. Selig sinkt sie ins Sofa zurück.

Als erste der Kinder wacht Maline auf und findet Tanja noch schlafend auf dem Sofa. Staunend sagt sie ganz leise:

„Mama, du bist so schön! Du bist wie ein Licht, ganz hell!!"

Tanja blinzelt und zieht ihre Jüngste liebevoll zu sich auf das Sofa.

„Guten Morgen, mein Schatz, hast du denn gut geschlafen?"

„Ja, Mami und ich hab ganz doll geträumt!!"

„Hm, was denn?"

„Da war ein Hund! Der war sooooo süß und ganz, ganz lieb … Mami, ich möchte auch einen Hund, so einen kleinen".

Mit ihren kleinen Händchen zeigt sie Tanja die Größe. Doch diese schüttelt bedauernd den Kopf:

„Du, Maline, Kleines, das geht im Moment leider nicht, auch so ein kleiner Hund macht viel Arbeit."

„Mama, das mach ich dann alles, das brauchst du nicht ...", verspricht die Kleine.

„Maline, so ein kleiner Hund muss erst erzogen werden, der braucht regelmäßig sein Fressen und mit dem muss man viel spazieren gehen. Das geht in einem Haus mit Garten einfacher. Das schaffen wir jetzt nicht."

Maline verzieht traurig ihr Gesichtchen.

„Schatzemaus, ich hab ja nicht nein gesagt, nur, dass es jetzt nicht geht, okay?"

Maline lächelt wieder und fragt freudig:

„Also morgen?"

„Nein auch morgen noch nicht, ich sag dir Bescheid, wenn es soweit ist, ja??"

„Mmmm … Okay Mama, ich mach jetzt Katinka und Clarissa wach!!", verkündet sie darauf, befreit sich aus Tanjas Armen und flitzt los.

Tanja reckt und streckt sich und fühlt sich erholt wie noch nie. Da ist ein neues Gefühl in ihr, dass ihr sehr gut gefällt, dass sie praktisch schweben lässt. Lächelnd steht sie auf um nach Katinka zu sehen.

Katinka spürt ihre Mutter unbewusst schon bevor sie bei ihr ist. Etwas hat sich verändert, es ist positiv anders und dieses *Etwas* überträgt sich gleich auf Katinka.

„Guten Morgen, liebe Mama!!", freut sie sich und breitet die Arme weit aus.

Etwas überrascht über diesen ungewohnten morgendlichen Enthusiasmus kommt Tanja näher und lässt sich umarmen. Ein Weile halten sie einander fest, Katinka genießt die Umarmung in vollen Zügen und saugt die liebevolle Energie, die ihre Mutter ausströmt, tief in sich auf.

„Du hast aber gut geschlafen, oder?", fragt Tanja ihre große Tochter.

„Du fühlst dich so gut an", grinst Katinka Tanja an.

„Ich habe gut geschlafen. Und heute Nacht kam Silberlicht zu mir ins Bett und wir haben eng aneinander gekuschelt dann gemeinsam weiter geschlafen. Das war schön."

Damit lugt Silberlichts Köpfchen auch schon unter der Bettdecke hervor. Zärtlich streicht Tanja ihr über das Fell.

'Dieses Kätzchen ist ein Segen', denkt sie.

116

„Mami, ich bin so froh, dass ich Silberlicht hier haben darf!", Katinka spricht Tanjas Gedanken aus.

„Und ihr hinteres krankes Beinchen fühlt sich schon viel stärker an. Ich mache auch alle Übungen mit ihr, so wie der Tierarzt gesagt hat", freut sie sich weiter.

Clarissa kommt herein und verkündet lautstark:

„Ich habe jetzt Hunger!!!!"

„Guten Morgen, Clarissa!! Ja, dann sollten wir mal das Frühstück bereiten, Mädels!!". Auf dem Weg in die Küche nimmt sie Clarissa auf den Arm und knuddelt auch sie voller Freude über die Freude in der Familie.

## Durchbruch

Pünktlich um vier schellt es und Gerda steht, nervös und aufgeregt, vor der Tür.

Tanjas Mutter hat sich wirklich Mühe gegeben und für jedes der Enkelkinder eine Kleinigkeit in der Hand und Blumen für ihre Tochter. Einen Moment lang schauen die Kinder ihre Oma staunend an. Geschenke gibt es doch nur zum Geburtstag oder zu Weihnachten. Doch dann ist der Bann gebrochen und sie ziehen sie erwartungsvoll ins Wohnzimmer, gespannt, was in den kleinen Päckchen ist. Dabei merken sie gar nicht, wie glücklich sie ihre Oma schon durch diese kleine Geste machen. Tanja stellt gerührt die Blumen in die Vase, sie erinnert sich nicht überhaupt jemals welche von ihrer Mutter bekommen zu haben. Daher ist dieser Strauß ganz besonders wertvoll und bekommt einen speziellen Platz im Wohnzimmer.

Der Reihe nach verlassen die Kinder mit ihren Geschenken das Wohnzimmer. Maline hat etwas zum Anziehen für ihre Puppe bekommen, Clarissa ein Puzzle und Katinka eine CD von Lilli Hexenberg. Geschickterweise würden die Kinder mit diesen Dingen eine Weile beschäftigt sein.

Der Kaffee dampft schon in den Tassen und Mutter und Tochter stehen ein wenig unbeholfen voreinander. Gerda geht ein paar zögerliche Schritte auf Tanja zu und dann endlich können sie einander erleichtert umarmen. Es tut beiden gut. Sie sehen einander an, schütteln etwas ungläubig über dieses späte Geschenk den Kopf, um sich dann doch endlich gemeinsam an den Tisch setzten.

„Mama, ich bin so unsagbar froh. Ich bin dir so dankbar, dass du deinen Traum und deine Gefühle mit mir geteilt hast. Es ist als könnten wir jetzt ein neues Leben beginnen!!"

Sie legt ihre Hände auf Gerdas und drückt sie noch einmal. Gerda ist gerührt:

„Ich habe so viel Zeit vergeudet, war so unglücklich in meinem Leben. Tanja, ich wusste einfach nicht, woran das lag. Wie hätte ich mich liebevoller zeigen können, ohne jemals eine Vorstellung, ein Gefühl von Liebe gehabt zu haben? Und wenn ich dann ab morgen komme und dir mit den Kindern helfe, dann werde ich alles wieder gut machen!" Noch etwas nervös blickt sie ihre Tochter an.

Tanja bleibt das Herz stehen, sie versucht zu atmen und ihr ist in dem Augenblick klar, dass doch noch nicht alle Herausforderungen genommen sind. In ihr arbeitet es ... sie muss es tun, es gibt keine andere Möglichkeit ... sie muss ihr jetzt sofort widersprechen. Sonst kann und wird sich nichts verändern. Schwer, aber mit der neuen inneren Verbundenheit doch etwas leichter, als erwartet, holt sie tief Luft, schaut ihre Mutter direkt an:

„Nein. Ich möchte das nicht. Ich möchte nicht, dass du Isabel ersetzt!".

118

Ihre Mutter sieht sie vollkommen perplex an. Auch sie muss erst Luft holen, denn damit hat sie nun ihrerseits gar nicht gerechnet.

„Aber ich dachte, wir sind jetzt ein Team und ich helfe dir und damit brauchen wir von außen keine Hilfe!"

„Nein, so nicht. Diese Entscheidung hast du getroffen. Alleine. So wie du das früher immer getan hast. Ohne mich zu fragen. Ein Team überlegt, organisiert und entscheidet gemeinsam."

Tanjas Hände zittern – sie hat gerade ihre Mutter zurechtgewiesen. Das hat es in ihrem bisherigen Leben noch nie gegeben. Sie wagt jetzt kaum noch sie anzuschauen. Gerda sitzt aufrecht in ihrem Stuhl und starrt nach draußen. In ihr tobt ein Krieg – alte Glaubensmuster, Erfahrungen und neue Gedankenimpulse kämpfen gegeneinander. Es herrscht eine lange Zeit Stille in der Küche, keine feindselige, doch eine entscheidende.

Gerdas Erinnerung an den gestrigen Traum ist noch frisch und es scheint, als wäre der hilfreiche Engel wieder bei ihnen. Als würde er beiden sachte übers Haar streichen, Liebe und Mut verteilen und die Energie im Raum erhöhen. Gerdas Brust hebt und senkt sich und mit einem Mal ist sie in der Lage, ihre Tochter liebevoll anzusehen.

„Ich …", ihre Stimme klingt belegt, sie räuspert sich.

„Ich glaube du hast Recht. Es tut mir leid. Ich sollte den Bogen nicht überspannen und langsamer voran schreiten. Dann gehe ich jetzt wohl besser."

Sie flüstert fast und will sich erheben. Doch Tanja reagiert und hält ihre Hand fest.

„Bleib, Mama. Auch für mich ist das alles neu. Ich brauche dich doch!"

„Meinst du das wirklich?", Gerda starrt auf den Boden.

„Ja, ich habe als Unterstützung bisher nur Isabel. Aber sie hat auch nur begrenzt Zeit. Hier im Haus ist sie genial eingesetzt, sie ist ein Ruhepol und kann alles ausgleichen ... Ein wunderbares Geschenk ... Und das nächste Geschenk, dass ich gerade bekommen habe, bist du für mich!"

Gerda ist gerührt und tupft mit einem Taschentuch an ihren Augen herum.

„Es wäre gut, wenn du dich etwas um die beiden Kleinen kümmern könntest. Mal mit ihnen auf den Spielplatz gehst, zum Toben und Rennen. Dann könnte ich mich mehr mit Katinka beschäftigen. Oder vielleicht hast du Lust, abends mal zu kommen, zum Reden oder zum Babysitten. Dafür wäre ich dir wirklich sehr sehr dankbar."

„Ja, meinst du denn die Kleinen würden mit mir gehen?"

„Klaro, wenn du sie nicht herumkommandierst, auf sie eingehst, ihnen zuhörst …", grinst Tanja.

Beschämt lächelt Gerda.

„Okay, ich will ja, ich will mich ja verändern. Lass es mich versuchen, bitte!".

Und damit ist ihre gemeinsame Zeit auch schon vorbei.

Maline hat ihre Puppe neu eingekleidet und will sie unbedingt der Oma vorstellen. Dafür klettert sie ganz selbstverständlich auf den Schoß ihrer Oma, die das zum ersten Mal zulassen kann.

„Oma, schau, Ella soll das Kleid anhaben, aber es geht nicht weiter."

Gerda holt tief Luft und schluckt den Impuls zu sagen:

*Ja, das ist ja ganz falsch – gib mal her, ich mach das!* hinunter und zeigt Maline, wie sie beide Puppenarme gleichzeitig in das Kleid schieben kann. Maline freut sich und lacht und hat der Oma ganz schnell einen Kuss auf die Wange gedrückt. Schon wieder ein neues Glücksgefühl für Gerda, die sich betreten räuspert und Maline wieder von ihrem Schoß hinunter hilft.

Dankbar betrachtet Tanja die beiden und sieht für alle einen Hoffnungsschimmer leuchten. Ihre Zellen tanzen vor Freude, sie kann es fühlen.

Sie hat es tatsächlich getan!

Erfolgreich!

Sie hat ihrer Mutter widersprochen!

Das erste Mal in ihrem Leben.

'Es war gar nicht so schlimm', lobt sie sich selbst und ist auch ein ganz klein wenig stolz.

## Alles ist Energie

Noch am gleichen Abend telefoniert Tanja mit Isabel.

„Isabel, ich bin's. Nein, es ist nichts passiert. Alles in bester Ordnung."

„Das heißt, ich soll Montag kommen?" erkundigt sich Isabel direkt.

„Unbedingt. Du glaubst gar nicht, was seit gestern hier alles passiert ist? Ich habe es geschafft, meiner Mutter zu sagen, dass sie nicht kommen soll, um dich zu ersetzen, sondern, dass ich sie zum Babysitten brauche!!"

„Hey, Tanja! Das klingt ja … wow! Das ging flott! Ich gratuliere dir, meine Liebe." Isabel ist offenbar beeindruckt. Aber Tanja ist noch gar nicht fertig:

„Und Isabel, ich wollte mich noch bei dir bedanken!"

Tanja sitzt in der Küche, hält den Hörer in der Hand und ist noch immer sehr berührt von der Wende in ihrem Leben.

„Wofür?", hört sie Isabels Stimme erstaunt fragen.

„Ja, du hast doch bestimmt mit meiner Mutter gesprochen, ihr Engel geschickt oder sonst was …"

„Wie kommst du darauf, was ist denn passiert?"

„Isabel, sie hat gestern geträumt, sie wäre tot. Sie sah ihr Leben an sich vorüberziehen und ihr wurde klar, dass sie keine

Liebe in ihrem Leben hat. Isabel, das kommt doch von dir, oder nicht?"

„Und dann?"

„Dann hat sie mich angerufen, wir beide haben gemeinsam geweint. Heute, am Nachmittag war sie mit Geschenken zum Kaffee da … Isabel … das ist ein Wunder!! Danke dir!!"

Durchs Telefon klingt Isabels leises Lachen.

„Nein, das war ich nicht. Das warst du selbst, Tanja!"

Tanja schaut ganz verdutzt in den Hörer.

„Äh, wie jetzt - ich?"

„Du hast etwas in eurer Beziehung verändert, denn du hast vergeben. Du hast ihr Liebe geschenkt. Erinnerst du dich?"

„Aber … das war doch für mich gut, sie war doch gar nicht dabei …"

„Das ist egal, das wirkt gleichzeitig auch auf energetischer Ebene. Ihre Seele hat den Impuls aufgenommen und ihr diesen aufrüttelnden Traum geschenkt. Und der war offenbar deutlich genug gewesen!"

Tanja kann darauf im Moment noch gar nichts sagen und so erklärt Isabel weiter:

„Pass auf, betrachten wir mal das System einer Familie so wie ein Mobile. Wenn du es anstupst, bewegt es sich, bis es sich einpendelt auf einer immer gleichen Position für jedes Mobile-Teilchen. Beschwerst du nun eines dieser Teilchen mit irgendeiner Last – so wie im wahren Leben - verändert sich das gesamte Gefüge und sucht ein neues Gleichgewicht. Viele Systeme funktionieren so, auch deine Familie.

Du hast deine Einstellung, deinen Blickwinkel geändert, eine Entscheidung getroffen, denn du hast die Liebe ins Spiel gebracht. Jetzt verändert sich automatisch auch dein Familien-Mobile, das Beziehungsgeflecht unter euch beiden. Das kann sogar eine Welle auslösen, übrigens nicht nur in deiner Familie, sondern auf der ganzen Erde. Und deine Mutter hat tat-

122

sächlich darauf reagiert. Du kannst euch beiden wirklich sehr dankbar sein".

„Isabel, das … das muss ich erst mal sacken lassen. Bleibt das jetzt so?"

„Das weiß ich nicht und dir die Hintergründe in drei Sätzen zu erklären ist jetzt noch zu schwierig, Tanja. Das alles ist sehr komplex. Zunächst ist es ausreichend, dass du dir klar machst, dass unsere Familienmitglieder perfekte Partner sind, um uns selbst besser kennen zu lernen.

Die Beziehung zu deiner Mutter war bisher, ich sag jetzt einfach mal, um es kurz zu halten, lieblos. Von beiden Seiten aus. Das bedeutet für dich, dass deine Mutter dir deine eigene Lieblosigkeit dir gegenüber gespiegelt hat. Jetzt lernst du dazu und integrierst die Liebe in dein Denken, dein Fühlen und damit in dein Sein. Deine Veränderung wirkt sich im Gegenzug auch auf dein Gegenüber, also deine Mutter, aus. Das heißt: auch sie kann jetzt anders reagieren, als du es gewohnt bist."

Tanja stützt konzentriert die Hände auf den Kopf, das Telefon hat sie auf *Lautsprecher* eingestellt, um alles, was Isabel erklärt, besser verstehen zu können.

„Tanja, du kennst doch das Sprichwort *So wie du in den Wald hinein rufst, so schallt es hinaus*? Freundlichkeit zieht Freundlichkeit in dein Leben, Aggression zieht Aggression an. Und Liebe holt Liebe in dein Leben. Dies entspricht im Ansatz dem sogenannten Spiegelgesetz oder auch Gesetz der Resonanz.

Einfach gesagt, Tanja, kann man es so sehen, dass wir mit unseren Gedanken und Gefühlen unsere Welt erschaffen, jedenfalls zum Teil. So wie jeder über das Leben denkt, so zeigt sich ihm das Leben. Daher kann man sagen, dass jeder seine eigene Wahrheit lebt.

123

„Das, was du sagst, klingt logisch, aber auch ganz schön anstrengend. Das heißt also: ich muss mir jetzt immer ganz klar darüber sein, was ich gerade denke? Also bewusst denken? Hmm, das tue ich eigentlich nur, wenn ich gerade über etwas bestimmtes nachdenke. Aber meistens … ja meistens fließen meine Gedanken so vor sich hin. Besonders wenn ich müde bin und … gedankenlose Arbeit verrichte, bei der ich eben nicht denken muss."

„An deiner Wortwahl *gedankenlose* Arbeit, Tanja, erkennst du es schon. Das, was dann *denkt* ist unser Unterbewusstsein. Es heißt, dass unsere Aufmerksamkeit zu circa zehn Prozent durch unsere bewussten Gedanken gesteuert wird und etwa neunzig Prozent vom Unterbewusstsein. Wenn ich sage: *unsere Gedanken erschaffen unsere Welt*, dann meine ich die bewussten und die unbewussten.

Und um es kurz zu fassen, da gibt es viel aufzuräumen!!"

Isabel lacht und fügt hinzu:

„Tanja, … langsam … Stück für Stück … mach dir keinen Stress. Das hier ist der Anfang, das Begreifen, das Wachwerden. Ergebnisse zeigen sich dann in deinem Leben."

„Isabel, welcher Engel hat dich in mein Leben gebracht? Danke für deine Unterstützung. Das klingt alles plausibel, aber es ist doch recht viel zu begreifen und sicher auch umzusetzen!"

„Das ist mir vollkommen klar, ich bin doch da und schon morgen wieder bei euch … wir werden noch einige Gelegenheiten haben, das hier alles zu vertiefen. Beobachte einfach, was noch geschieht und halte deinen Fokus auf das Positive gerichtet. Wir sehen uns!"

Isabel legt auf und Tanja hält den Hörer noch einen Moment in der Hand, in sich selbst hinein hörend.

Ein Gedanke aus dem Gespräch drängt gerade nach mehr Aufmerksamkeit: Welcher Engel hat Isabel in ihr Leben gebracht?

124

Sie legt den Hörer langsam auf und überlegt: Die nette ältere Dame, die Freundin von Erics Oma, ist hier gewesen … ihr hat sie alles erzählen sollen. Mathilde war da schon tot. Sie kann sie nicht mehr sprechen. Tanja hat den plötzlichen Impuls auf den Friedhof zu gehen und Mathilde wenigstens so noch Danke zu sagen.

Gerda Groß ist erstaunt über den Anruf ihrer Tochter und die Bitte, heute unbedingt zum Babysitten zu kommen. Sie sei zwar erst gestern da gewesen, aber es sei dringend und Isabel ja sonntags nicht da. Etwas widerwillig erklärt sie sich bereit in zwei Stunden zu kommen. Das gibt ihr Zeit, sich daran zu gewöhnen, dass ihr Leben gerade eine Veränderung erfährt, die offensichtlich auch von ihr etwas verlangt. Bisher hat sie alleine über ihre Tochter bestimmt. Von dieser um Hilfe gebeten zu werden ist neu und ungewohnt. Aber da muss sie jetzt wohl durch.

Sie lässt sich gedanklich darauf ein und schafft es dann sogar, dem Besuch etwas positives abzugewinnen und erscheint wie verabredet pünktlich bei ihrer Tochter.

## Bewusster Atem

Der Friedhof, auf dem Mathilde ihre Ruhestätte gefunden hat, liegt gar nicht weit entfernt und so entscheidet sich Tanja, zu Fuß zu gehen. Das Gehen in der frischen Luft gibt ihr mehr Gelegenheit, sich bewusster mit ihren Gedanken auseinanderzusetzen.

Da aus ihrer Familie niemand auf dem Friedhof liegt hat sie gar keinen rechten Bezug zu dieser Art des Abschieds. Was wäre, wenn Katinka … Isabel hält die Luft an und bleibt stocksteif stehen.

125

Da ist der Gedanke, den sie bisher verzweifelt vermieden hat. Ihr wird schummerig, der Magen dreht sich und sie weiß, dass sie sich jetzt irgendwo ganz schnell hinsetzen muss. Das Bus-Haltestellen-Häuschen bietet sich unerwartet an.

Augen zu.

Die Angst nimmt Besitz von ihr, alles in ihr spannt sich an und sie fühlt sich sterbenselend.

„Geht es Ihnen gut?", fragt da eine Stimme vorsichtig und jemand fasst sie behutsam an der Schulter. Tanja kann nicht reden und schüttelt nur den Kopf.

„Kann ich etwas für Sie tun?"

Der ältere Herr merkt, dass sie gar nicht antworten kann und setzt sich vorsichtig neben sie auf die schmale Bank. Er spürt ihre Angst und fängt unvermittelt an zu reden:

„Angst fühlt sich sehr bedrohlich an! Ist sie einmal in unserem Kopf, macht das Szenario unserer Gedanken alles noch schlimmer. Es wird eng in unserer Brust und wir haben das Gefühl zu ersticken.

Das was wirklich hilft, ist atmen!!

Tief in den Bauch atmen, gibt Sauerstoff in den Körper und das Gefühl der Bedrohung, der Angst wird leichter. Am besten atmet man so lange tief und bewusst, bis das Angstgefühl verschwunden ist.

Ich habe festgestellt, dass immer dann, wenn ich wahnsinnige Angst vor etwas hatte, mein Vertrauen in Gott verschwunden war. Seitdem erinnere ich mich lieber ganz schnell daran, dass Gott mich immer leitet und führt und mich niemals einer solchen Bedrohung aussetzten würde, wie der, die ich mir da in meinem Kopf gebaut habe.

Gott liebt uns viel zu sehr!!

Tief einatmen und ausatmen und dabei gedanklich Gott einatmen."

Tanja nimmt seine Gegenwart wahr und sie tut ihr gut.

126

Das, was er sagt, dringt nur tröpfchenweise in sie ein. Ohne es zu merken, lehnt sie sich an den freundlichen Herrn und schafft es, tiefer und tiefer zu atmen.

Sie merkt, wie es ihr mit jedem tiefen Atemzug besser geht.

Als sie wahrnimmt, dass sie sich an die fremde Person anlehnt, richtet sie sich auf und öffnet die Augen. Doch wie überrascht ist sie, als sie feststellt, dass sie ganz alleine auf der Bank sitzt. Tanja schüttelt verwirrt den Kopf, - da hat doch jemand zu ihr gesprochen und sie beruhigt.

Wie verrückt ist denn das?

Niemand ist zu sehen, egal wohin sie blickt.

Tief atmend steht sie auf und wandert Kopf schüttelnd die paar Schritte zum Friedhof weiter.

Die Worte, die sie gehört hatte, sind so wahr!!

Gott?

Hat sie eine Beziehung zu Gott?

Darüber will sie später mal nachdenken …

Auf der Wiese vor dem Friedhof wachsen einige Gänseblümchen, sie pflückt ein paar davon.

Mathildes Grab erkennt sie an dem Namen auf dem schlichten Holzkreuz mit der Aufschrift „Mathilde Boennke". Zwei weiße Schmetterlinge fliegen immer wieder über das Grab. Tanja bleibt davor stehen und beobachtet sie.

„Lustig, als wenn Mathilde sie her bestellt hätte um mich aufzumuntern." Tanja weiß nicht so recht, was sie hier will.

'Danke Mathilde', denkt sie nur und das immer wieder.

'Es tut mir so leid, dass wir uns gar nicht besser kennengelernt haben. Ich glaube, du warst eine nette Person, aber ich hatte keinen Blick dafür. Du hast mir so viel Gutes getan, allein, weil du deiner Freundin den Auftrag gegeben hast, mal nach mir zu schauen.

Du kannst dir gar nicht vorstellen, was sich aus deinem lieben Gedanken alles entwickelt hat. Dadurch ist Isabel in mein, in unser Leben gekommen und … es ist so unfassbar, was seitdem alles in meinem Leben geschieht. Und … ja … das solltest du vielleicht auch noch wissen: Du hast doch meine Mutter gekannt, du hast sie kennengelernt und weißt, wie sie war … selbst unser Verhältnis verbessert sich gerade.

Ich bin dir so unglaublich dankbar, liebe Mathilde. Es ist, als habest du eine Welle des Guten für uns losgetreten. So viel Gutes und Liebes habe ich in meinem ganzen Leben – abgesehen von der Begegnung mit Eric natürlich – nicht erlebt.

Ich wünschte, ich könnte dir anders zeigen, wie dankbar ich dir bin, aber du bist ja leider nicht mehr hier. Danke!!" Die Tränen laufen über ihr Gesicht.

Aus einem Impuls heraus nimmt sie die Gänseblümchen, die sie zuvor gepflückt hatte, legt sie auf das Grab und formt aus ihnen ein kleines Herz. Es tut ihr gut, zu sehen, dass die Schmetterlinge sich auf die Blüten setzen und gibt ihr das wohlige Gefühl, dass Mathilde ihr zugehört hat.

„Danke Mathilde, machs gut!", flüstert Tanja gerührt.

Damit dreht sie sich um und geht langsamen Schrittes, aber um ein weiteres Stück leichter und auch froher, heim.

## Ein ungestümer Welpe

Die Erzieherin aus dem Kindergarten ist am Telefon. Isabel ist verwundert, da sie Clarissa und Maline schon auf dem Heimweg vermutet hat und tatsächlich rennen sie in diesem Augenblick im Eiltempo um die Hausecke.

„Ja, Frau Schmidt, die beiden kommen gerade heim. Einen Moment bitte, ich öffne ihnen die Tür." Sie legt den Hörer beiseite und mit dem Öffnen sieht sie nicht nur die Kinder, sondern auch einen kleinen braunen Hund, der vor ihnen her rennt.

128

„Na, wen bringt ihr denn da mit? Bekommen wir heute Besuch?" Isabel bückt sich um den kleinen Mischling zu begrüßen. Doch der läuft zielgerichtet an ihr vorbei, die Kinder hinter ihm her.

„Isabel, es tut mir total leid!", stottert die Nachbarin, die hinter allen hergelaufen kommt. „Die Situation hat mich komplett überfordert!"

„Isabel!!! Der ist süß, schau, der will zu uns!!", kreischt Maline total aufgedreht und Clarissa toppt das Ganze indem sie schreit:

„Das ist Nella, die wohnt jetzt bei uns!!"

Alles gleichzeitig!

Isabel schüttelt sich, holt Luft, ruft der Nachbarin:

„Alles okay!" zu und knallt die Tür ins Schloss.

Dann flitzt sie los, um den kleinen Eindringling zu finden. Der quirlige Hund ist derweil durch alle Räume gelaufen und hält auf Katinkas offene Zimmertür zu. Isabel ist nicht schnell genug. Das darauf startende Geschrei – eine Mischung aus Hundegebell, Katzenjammer, Kindergeschrei, Angst und Begeisterung - deutet darauf hin, dass auch Silberlicht gesichtet worden ist. Dem Lärm folgt abrupte Stille. Schnell stößt Isabel die Tür ganz auf und muss fast lachen. Mitten im Raum steht der kleine Hund, wie erstarrt, Silberlicht kurz vor ihm, etwas wackelig auf ihrem krummen Beinchen, aber die Krallen ausgefahren und aus ihr kommen jetzt leise tiefe drohende Töne. Isabel nutzt die Gelegenheit und ergreift den Kleinen, der sich jetzt auch gar nicht mehr wehrt.

Im Flur herrscht derweil ein ähnliches Tohuwabohu. Katinka, die sich, verwundert wegen des Lärms, aus dem Badezimmer getastet hatte, war von ihren Schwestern, die hinter Isabel her stürmten, umgelaufen worden. Ein Knäuel aus Armen und Beinen, ein Geschrei wie zuvor! Isabel hält den Hund fest und ruft laut keuchend und doch fast lachend:

129

„Ist jemand von euch verletzt?" Plötzlich ist Ruhe! Die Kinder sortieren sich, schauen sich an und Clarissa fragt:

„Katinka? Tut dir was weh?"

„Alles!", jammert diese. „Aber was ist los? Was ist passiert?" Maline erklärt ihr:

„Wir haben jetzt Nella hier!"

„Ist Nella ein Hund?"

„Ja!", antwortet Isabel. Sie hat derweil ein Sprungseil von den Kindern genommen und es dem Hündchen an sein Halsband geknüpft. Jetzt erst kann sie selbst nach den Kindern schauen.

„So, wer kann mir jetzt sagen, was hier los ist?"

Im gleichen Moment fällt ihr die Erzieherin am Telefon ein. Sie greift nach der Hundeleine und will Nella mitnehmen, doch diese setzt grad ein kleines Bächlein ab. Allmählich kommt auch Isabel an ihre Grenzen.

„Nein!" es ist mehr ein Aufseufzen als ein Befehl. Das Tier scheint wohl jünger zu sein, als sie vermutet hatte.

In der Küche liegt das Telefon, doch wie erwartet ist niemand mehr dran. Statt dessen schellt es an der Tür.

Isabel schwirrt der Kopf und sie wundert sich über gar nichts mehr, als sie einem Polizisten gegenüber steht.

„Guten Tag. Sagen Sie, ist Ihnen vielleicht ein Hund zugelaufen?", fragt dieser ohne sich groß vorzustellen oder auszuweisen.

Isabel sagt gar nichts und zieht statt dessen den Welpen nach vorne. Scheint es nur so oder sieht der Kleine wirklich ein wenig schuldbewusst aus?

„Suchen Sie diesen hier?"

Der Beamte atmet sichtlich auf.

„Ja, herzlichen Dank. Das ist meiner. Er ist erst 10 Wochen alt, schafft es aber, mich ordentlich auf Trab zu halten."

Isabel schaut ihn komisch an.

130

„Ach so. Anton Rune ist mein Name, ich bin im Moment nicht im Dienst. Aber ich muss während des Dienstes - verbotenerweise - immer wieder los, um diesen Ausreißer wieder einzufangen. Bin gespannt, an wen der sich mal vermitteln lässt." Er knüpft das Seil wieder vom Halsband des Hundes ab und gibt es Isabel zurück.

„Danke! Ich wohne übrigens am Ende der Straße. Wenn ihre Kinder mit dem Hund spielen wollen sind sie herzlich willkommen. Wir haben noch fünf Welpen, aber keiner ist so ein Tausendsassa, wie er hier. So, ich muss los", schließt er, nach einem Blick auf seine Uhr. Und weg ist er.

Isabel dreht sich langsam wieder um. Vorsichtig geht sie in die Wohnung, gespannt was wohl als nächstes passiert. Das Telefon schellt, die Erzieherin ist wieder dran.

„Alles in Ordnung bei Ihnen? Es wurde eben so laut. Leider konnte ich nicht dran bleiben, da eine Mutter mich unbedingt sprechen wollte …"

„Ja, ja hier ist alles wieder in Ordnung. Uns ist ein Hund zugelaufen und auch schon wieder abgeholt worden."

„Ah!"

„Weshalb hatten Sie denn eben angerufen?"

„Ach ja, ich wollte nur Bescheid sagen, dass wir mal wieder *Läuse* im Kindergarten haben. Ihre Kinder hatten das Infozettelchen liegen gelassen und da dachte ich mir, ich ruf sie sicherheitshalber schnell an." Isabel fängt an zu lachen:

„Prima, das ist ja nett. Wie ein kleines I-Tüpfelchen! Danke für Ihre Mühe!"

In der Zwischenzeit ist Katinka im Hundepippi ausgerutscht, aber sie lacht noch. Clarissa hat schon Tücher zum Aufwischen geholt und Maline hat Papier geholt und den Hund aufgemalt.

Isabel kommt lachend dazu, hilft Katinka beim Umziehen, wischt den Rest Hundepippi auf, bedankt sich bei Clarissa.

stellt die Waschmaschine an, lobt Maline für das tolle Bild, wärmt das Mittagessen nochmal auf und freut sich innerlich ganz leise das erste Mal auf Tanjas Heimkehr.

## Gott ist Liebe

Wieder eine Nacht, in der Tanja nicht schlafen kann. Es geht einfach nicht, ständig kommen ihr Gedanken und Fragen in den Sinn. Entschlossen macht sie die Nachttischlampe an, setzt sich auf und spricht laut mit sich selbst.

„Okay, dann los. Welche Frage will zuerst beantwortet werden?"

Gott kommt ihr in den Sinn.

„Wer ist Gott eigentlich?"

Sie erinnert sich an diese Frage und dass sie die Beantwortung zurückgestellt hat. Beim Nachdenken fallen ihr einige Episoden ein, in denen sie mal an ihn glaubte, ein anderes Mal auch wieder nicht.

Die Grundfrage scheint für sie zu sein, ob es ihn überhaupt gibt? Innen drin, tief in sich selbst, fühlt sie ein klares JA! Warum nicht? Ohne seine Existenz weiter in Frage zu stellen, folgt sie ihren Impulsen weiter. Ist er gut? Ist er schlecht?

„Woher sollte oder könnte ich das wissen?", fragt sie sich weiter.

„Es heißt, Gott habe die Welt erschaffen. Das kann ich glauben, denn die Erde ist wunderschön. Und wenn ich Zeit habe, sie wahrzunehmen, dann tut mir die Natur auch gut."

Ist Gott deswegen gut? Wenn sie die Nachrichten hört, kann man glauben, dass die Welt ein furchtbarer Ort ist. Ist Gott deswegen schlecht?"

Alle weiteren Beispiele führen sie nur zu einer Erkenntnis: Er ist weder das eine, noch das andere.

132

„Er ist doch nicht schuld, wenn wir hier auf der Erde dauernd Kriege führen, oder? Oder ist er verantwortlich dafür, dass ihre Katinka so krank ist?" Sie findet keinen Grund, ihn zu verurteilen. Aber alles abzutun und zu sagen das ist dann eben einfach so und sich mit dem gegebenen Zustand abzufinden empfindet sie nicht als Lösung ihrer Frage.

„Wie kommen wir dann in solche Situationen? Wodurch entstehen sie eigentlich? Wenn Gott nicht verantwortlich dafür ist, dann können wir sie ja nur selbst erschaffen haben. Puh!" Sie holt Luft.

„Jetzt wird es anstrengend", erkennt sie.

„Wofür ist Gott dann da, wenn er nichts macht? Gibt es ihn doch nicht?"

Trotzdem fühlt sie tief in sich immer noch ein JA für seine Existenz. Das gibt ihr Hoffnung, dass er doch zu etwas gut sein könnte. Vielleicht gibt er einfach Hoffnung? Hoffnung .. das ist ein angenehmes Gefühl und erinnert sie wieder an die veränderte, liebevolle Beziehung zu ihrer Mutter.

Plötzlich fällt ihr die Stimme vom Bushalte-Häuschen wieder ein.

„Was hatte die Stimme gesagt? Gott führt uns. Und dann, wenn wir kein Vertrauen in Gott haben, haben wir eigentlich nur Angst. Und dass ich die Luft besser nicht anhalte, wenn ich Angst habe, sondern tief und bewusst atmen soll. So komme ich wieder ins Vertrauen."

Die Stimme hat auch gesagt, dass Gott uns sehr liebt.

„Ist Gott dann Liebe? Wenn er Liebe ist, warum lässt er alles zu, was so schrecklich ist. Hmm … " Tanja fühlt wie ihre Gedanken jetzt fließen.

„Vielleicht sollten wir unsere Liebe zu all dem Leid auf der Welt schicken, damit es besser wird? Also lieben anstatt (mit)leiden. So könnte ich mir Gott auch vorstellen, dass er uns liebt auch wenn wir jemandem Leid zufügen oder selbst leiden. Uns an seine Liebe zu erinnern könnte uns dann helfen."

Draußen miauen zwei Katzen. Tanja lauscht ins Dunkle und folgt dann weiter ihren Gedanken.

„Oder vielleicht sollen wir das Gute im Schlechten erkennen? Wie hatte Isabel nach der Meditation gesagt? Liebe urteilt nicht, Liebe vergibt, Liebe nimmt jeden so, wie er ist. Wenn Liebe Gott ist oder Gott Liebe ist, dann vergibt Gott, Gott urteilt nicht und er nimmt jeden so, wie er ist …"

„Ich glaube, ich werde Isabel noch einmal darauf ansprechen. Vielleicht kann sie mir dabei helfen, alles auf den Punkt zu bringen."

In Tanjas Kopf dreht sich allmählich alles und sie wird müde. Ein Knopfdruck, das Licht ist aus. Gott ist Liebe, Gott vergibt, Gott urteilt nicht, Gott nimmt jeden so, wie er ist.

Mehr hat sie bisher nicht herausgefunden. Mehr scheint auch nicht wichtig zu sein. Denn mit der Erkenntnis kann sie endlich wieder einschlafen.

## Träume werden wahr

„Mami!!", Katinka tastet sich rufend durch die Wohnung. Es ist erst sechs Uhr und Tanja steht schon unter der Dusche.

„Mami, bist du hier im Bad, ich hör die Dusche!"

Tanja schaut hinter dem Vorhang hervor.

„Was ist los? Ist was passiert?"

„Ja, ich hab geträumt – gaaaanz schön!!" Katinka klingt ganz aufgeregt.

Tanja fühlt, dass der Traum jetzt erzählt werden will, stellt die Dusche ab und greift nach ihrem Handtuch.

„Ich trockne mich schon ab und kann dir dabei zuhören."

Katinka setzt sich auf den Badewannenrand und plappert los:

134

„Stell dir vor, ich habe vom Papa geträumt, Mama, und er hat mir ein wunderschönes Bild gemalt. Uuuund er war hier, im Wohnzimmer hat er gesessen und mir das Bild gegeben. Ein schönes buntes Bild nur für mich. Mitten auf dem Bild war ein Känguru drauf. Mama, ein Känguru – wie lustig. Dabei hat er gelacht und sich gefreut. Und er hat mir erzählt, was er noch alles gesehen hat – in dem Land, wo er war. Mama wie heißt das Land, wo die Kängurus leben?"

Automatisch antwortet Tanja:

„Australien." Innerlich fragt sie sich, wie Eric da wohl hingekommen sein sollte.

„Ja, genau: Australien! Und er hat erzählt, dass er Kolabären gesehen hat."

Tanja lacht:

„Die heißen Koalabären, nicht Kolabären."

„Oh, Schade! Kola finde ich viel lustiger. Die haben auch Beutel, sagt Papa! Ist der Papa denn schon wieder hier??"

Tanja schaut ihr Kind etwas irritiert an und weiß jetzt gar nicht, wie sie reagieren soll. Das war doch nur ein Traum. Den Unterschied sollte Katinka doch kennen.

„Mama, das war nur ein Traum – ich weiß! Und viele meiner Träume sind Wahrheit! Das passiert dann!!"

Tanja setzt sich zu ihr und nimmt sie in den Arm.

„Das wäre wirklich sehr schön, wenn euer Papa wieder da wäre, nicht wahr?"

„Ja, er soll heimkommen. Er fehlt mir so!", seufzt Katinka.

„Mami, er wird kommen – ganz bestimmt!"

Tanjas Blick fällt auf die Uhr.

„Oh weh, Katinka, ich muss mich beeilen, sonst komme ich zu spät zur Arbeit. Isabel bringt dich nachher zur Therapie ins Krankenhaus, mein Liebes."

Dann drückt sie ihr einen Kuss ins Haar, der Katinka sehr glücklich macht. Und Papa kommt, weiß sie im Stillen, denn das Glöckchen hat auch zustimmend gebimmelt. Dann freue ich mich eben alleine und Mama wird überrascht sein, wenn er dann auf einmal da steht.

Mit dem Gedanken geht Katinka wieder in ihr Zimmer, um sich anzuziehen. Gestern Abend hat sie mit Isabel schon gemeinsam die Kleider ausgesucht, die sie heute tragen möchte. Als Isabel die Tür aufschließt, ist Tanja gerade weg. Katinka spielt, fertig angezogen, in ihrem Zimmer mit Silberlicht.

„Guten Morgen!!", ruft Isabel fröhlich aus dem Flur und freut sich über die Antwort der Kinder. Auch Maline und Clarissa sind schon wach und toben in ihrem Zimmer. Isabel lobt die Selbständigkeit der Kinder, erwähnt beiläufig das Bad, in das kurz darauf alle stürmen. Isabel unterstützt vor allem Maline, die beiden Großen kommen schon fast alleine klar. Ein ganz normaler Alltag beginnt.

## Ein selbstbewusstes Enkelkind

„Katinka, was soll denn die Katze in deinem Bett?"

Gerda ist – gelinde gesagt – nicht erstaunt, sondern geradezu entsetzt. Eigentlich ist sie hier, um mit Clarissa und Maline auf den Spielplatz zu gehen, aber die beiden sind direkt nach dem Kindergarten mit zu Freunden gegangen. Bevor Isabel Gerda Bescheid sagen konnte, war diese schon da. Da Isabel noch mit der Wäsche beschäftigt ist, besucht Gerda Katinka, die heute mal keine Therapie hat.

„Aber Oma, das ist doch Silberlicht", gibt ihr Katinka ganz selbstverständlich zur Antwort.

„Katzen haben nichts im Bett zu suchen!", erklärt ihre Oma.

„Warum nicht?"

„Weil das nicht hygienisch ist!"

„Hygenisch? Was ist denn das?"

136

„Hy-gi-e-nisch", Gerda wiederholt das schwere Wort ganz langsam, damit Katinka es versteht.

„Ja und was bedeutet das?"

„Ja, mein Kind, so eine Katze ist nicht sauber und die hat in unseren Betten nichts zu suchen!" Und ehe Katinka versteht, was Gerda gesagt hat, geht diese ans Bett und will Silberlicht im Nacken greifen und hinaus befördern.

Doch Silberlicht spürt die Gefahr und fährt ihre Krallen aus. Weglaufen kann sie ja nicht!

„Oma, nein! Lass sie da liegen!", ruft Katinka aufgeregt, als sie begreift, was Gerda tun will.

Doch da ist es schon passiert, Gerda hat ein paar ordentliche Kratzer abbekommen und zieht erschrocken ihre Hand zurück.

„Das Tier ist ja außerdem noch gefährlich!" Ihre Stimme ist etwas lauter geworden und sie sucht in ihrer Jackentasche nach einem Taschentuch, um das Blut auf ihrer Hand abzutupfen.

„Was hast du gemacht? Was ist passiert?" Katinka steht auf.

„Ich wollte sie am Nacken packen, aber das Katzenvieh hat mich gekratzt!" Gerda ist ärgerlich und fügt hinzu:

„So, dass meine Hand jetzt blutet!"

„Mensch Oma, du hast wohl gar keine Ahnung von Katzen, oder? So kann man doch nicht auf eine Katze losgehen – die kann sich doch nur wehren. Die hat doch Angst vor dir."

Katinka ist jetzt auch am Bett angekommen und funkelt die Oma an.

„Ich mag keine Katzen und ich weiß, dass sie nicht ins Bett gehören!", beharrt Gerda auf ihrem Standpunkt.

„Oma, Katzen sind ganz saubere Tiere. Und Silberlicht kann doch gar nicht laufen, die geht doch gar nicht raus, die kann sich auch nicht dreckig machen!" Katinka hat sich vor ihrer Oma aufgebaut und zeigt keinerlei Angst vor ihr.

137

„Silberlicht ist meine Freundin und sie darf in meinem Bett schlafen." Zur Bestärkung tritt Katinka noch mal deutlich mit ihrem Fuß auf.

Gerda schaut Katinka ganz erstaunt an. Das passiert ihr zum ersten Mal im Leben, dass ein kleines Kind ihr die Meinung sagt.

„Wenn deine Mutter jemals so mit mir gesprochen hätte … ", setzt Gerda an. Dabei fällt ihr Katinkas Gesichtsausdruck auf. Katinka hat nämlich die Reaktion ihrer Oma total überrascht.

„Oma, was habe ich denn falsches gesagt? Ich habe nur die Wahrheit gesagt."

Gerda stutzt. Stimmt! Das Kind hat Recht, sie hat nur die Wahrheit gesagt. Aber das hat Tanja als Kind nie getan. Und dann dämmert ihr, dass sie wieder – wie früher – viel zu bestimmend reagiert hat. Sie hat kein Ohr für Katinka gehabt, nicht wirklich zugehört, sondern ist nur ihren eigenen Impulsen gefolgt. Beschämt streckt sie Katinka die Hand hin, ohne daran zu denken, dass diese gar nicht sehen kann.

„Verzeih mir! Ich glaub ich war zu schnell und hab dich nicht ernst genug genommen."

„Oma, ich bin sechs. Ich bin nicht dumm! Ich bin hier im Haus der Katzenspezialist. Silberlicht ist die beste Katze auf der Welt! Willst du sie mal streicheln?"

Gerda beißt sich auf die Lippen, eine Katze streicheln? Das hat sie jetzt davon. Aber sie zieht es tapfer durch.

„Okay, ich hab natürlich jetzt ein wenig Angst, weil sie mich ja schon gekratzt hat. Hilfst du mir?"

„Klaro, Oma. Ich setz mich auf das Bett und nehme Silberlicht auf den Schoß und halt sie ein wenig fest."

Gesagt, getan … Katinka ist dabei sehr geschickt und obwohl sie nichts sehen kann, sagt sie kurz bevor Gerda die Hand zum Streicheln ausstreckt:

138

„Stopp, lass Silberlicht erst mal deine Hand riechen, damit ihr Freunde werden könnt. Erst dann darfst du sie streicheln."

Gerda ist sichtlich beeindruckt von der kleinen Katzenfreundin und traut sich nach erstem Zögern der Katze doch die Hand hinzuhalten, um sie danach zu streicheln. Vorsichtig legt Katinka danach ihre Hand auf Gerdas und strahlt sie an.

„Das hast du aber gut gemacht, Oma!"

„Ja, Katinka, dank deiner Hilfe! Da hab ich jetzt aber ganz viel gelernt von dir! Danke!"

So sitzen sie eine Weile und streicheln Silberlicht, die das offensichtlich genießt.

„Und Katinka, vermisst du die Schule?" Gerda nimmt mutig einen weiteren Anlauf, um eine gute Oma zu sein.

„Jaa, ich vermisse meine Freundinnen sehr", murmelt Katinka traurig.

„Ja, aber du findest neue Freunde, wenn du in die andere Schule gehst." Katinka zuckt und sitzt plötzlich ganz aufrecht mit gespitzten Ohren.

„Wieso muss ich in eine andere Schule gehen?"

Gerda antwortet ihr, als wäre es das Selbstverständlichste der Welt:

„Ja, du kannst doch nichts mehr sehen, da muss du doch auf eine Blindenschule gehen. Und da gibt es …"

„Nein, ich will das nicht! Ich will mit MEINEN Freundinnen zur Schule gehen", Katinka reagiert recht laut und bestimmt.

„Katinka, aber …", Gerda ist ganz erschüttert, so hat sie das doch gar nicht gemeint. Sie greift nach Katinka und will sie umarmen. Doch die Sechsjährige wehrt sich und – paaff – hat sie ihrer Oma eine unbeabsichtigte Ohrfeige gegeben.

„Aber hallo! Mädchen, du hast aber Kraft!" Gerda hält sich die Wange.

„Tut mir leid", sagte Katinka bockig, „du sollst mich auch nicht umarmen, wenn ich wütend bin! Und außerdem gehe ich wieder in meine Schule!"

„Äh … ", Gerda fehlen nun wirklich die Worte, aber Katinka setzt noch einen drauf.

„Dann, wenn ich wieder sehen kann!" In dem Moment ist Gerda froh, dass sie nicht Katinkas Mutter ist, sondern nur die Oma … mit solchen Kinderallüren kann sie nicht mehr umgehen.

„Gerda, der Kaffee ist fertig. Magst du auch eine Tasse?" Isabel ruft aus der Küche.

„Ja, ich komme gerne", gibt Gerda zurück, tätschelt Katinkas Bein und steht auf. Kopfschüttelnd sieht sie Katinka an, die liebevoll ihre Katze umarmt und ihr immer noch Ablehnung signalisiert.

„Ich geh dann mal einen Kaffee trinken, Katinka. Darf ich dir danach was vorlesen?"

Keine Antwort.

Dann atmet sie noch mal tief ein und fragt leise:

„Und könnten wir wieder Freunde sein?"

„Omas sind Omas und keine Freunde!" Katinkas Stimme klingt noch ernst, doch in ihr klingelt leise mahnend ein Glöckchen …

„Du bist meine Oma und ich hab dich lieb, aber jeder darf sagen was er denkt!"

„Einverstanden …"

Isabel hat Katinkas Schreierei gehört und fragt Gerda nur kurz:

„Alles okay?"

„Ich glaube schon. Ich durfte lernen, wie Kinder heute so unterwegs sind." Dabei lächelt sie Isabel an.

„Das kann spannend sein", grinst Isabel zurück.

140

„Sag, hast du irgendwas zum Desinfizieren?" Gerda zeigt Isabel ihre Hand. Isabel geht ins Bad und registriert fröhlich, dass Katinka tatsächlich mehr Selbstbewusstsein hat, als ihre Mutter.

## Verantwortung übernehmen

Tanja sitzt gemütlich auf Isabels Couch. Sie liebt den Blick auf den kleinen verwunschenen Garten. „Ich mach uns einen Tee, ja?" Isabel steht auf und will in die Küche gehen.

„Oh, Isabel, mach doch bitte den Tee, den du bei uns immer anbietest – der schmeckt mir so gut. Ich wollte dich schon lange fragen, was es für eine Sorte ist."

Isabel macht auf dem Absatz kehrt und zu Tanjas Verwunderung öffnet sie die Terrassentür und geht in den Garten. Dort zwickt sie hier und dort an kleinen Büschen, auf dem Rasen in ihren Blumentöpfen kleine Blätter ab und kehrt mit einem kleinen Sträußchen ins Wohnzimmer zurück. Dann hält sie das duftende Potpourri unter Tanjas Nase.

„Rieche mal! - Ist das der Teeduft, den du meinst?", dabei lacht Isabel.

Tanja ist etwas verwirrt. Tee kennt sie bisher nur in den kleinen Beuteln, die sie im Supermarkt kauft.

„Äh, Teeduft? Das riecht gut, aber ob das der Duft ist, den … ach so, du meinst … Ähm. Du machst daraus Tee?"

„Jep!", antwortet Isabel fröhlich und ist gespannt, was Tanja noch sagen wird.

„Blätter aus dem Garten und von deiner Wiese … Egal, sie haben als Tee wunderbar geschmeckt! Eine seltene Idee … aber ich könnte mich daran gewöhnen", grinst Tanja dann. „Perfekt, genau den Tee hätte ich gerne."

Isabel zeigt den Daumen hoch und verschwindet in der Küche. Gemeinsam genießen die beiden ein paar Minuten später Isabels Spezialtee.

„Tanja, erinnerst du dich an die Übung vor dem Spiegel?"

„Du meinst, dass ich mich vor den Spiegel stellen sollte, um mir dann zu sagen, dass ich mich liebe?"

„Genau! Spiegel dieser Art gibt es ganz viele in unserem Leben. … Wir sprachen dieser Tage am Telefon schon mal kurz über das Spiegelgesetz. Ich erkläre das noch etwas genauer. In jedem Spiegel sehen wir uns. Und wenn uns etwas stört, sagen wir mal, ein Haar stört, dann greifen wir nicht an den Spiegel, sondern legen Hand an uns selbst. Verstehst du?"

„Ja, logisch!"

„Dann habe ich dir erklärt, dass unsere Gedanken sehr kraftvoll sind und unsere Welt erschaffen. Dadurch ziehen wir Situationen oder Menschen in unser Leben, die den Gedanken entsprechen. Man kann auch sagen, dass diese Begebenheiten, die sich da entwickeln unsere Gedanken spiegeln. Okay?"

„Verstanden."

„Unsere Gedanken sind aber oft noch nicht auf das Gute ausgerichtet und erschaffen daher unschöne Erlebnisse. Wir erkennen den Spiegel nicht und versuchen daher immer die Erlebnisse, beziehungsweise die Menschen, die da mitspielen, zu verändern. Wir ärgern uns, wir schimpfen … über die anderen. Das heißt wir wollen im Spiegel etwas ausrichten, verstehst du?"

Tanja braucht einen Moment, um das Gesagte nachzuvollziehen, signalisiert dann aber ein Okay.

„Wenn wir jetzt erkennen können, dass das Problem oder die Ursache in uns zu finden ist und nicht im spiegelnden Gegenüber, dann wäre das hilfreich für alle."

142

„Isabel, das was du sagst macht Sinn für mich. Wenn ich also meine Mutter als übergriffig empfinde, macht es keinen Sinn mich über sie zu ärgern, sondern ich sollte in mich gehen und herausfinden, mit welchen Gedanken ich eine solche Reaktion provoziert habe. Meinst du das so?"

„Genau!"

„Isabel, darf ich jetzt mal laut weiterdenken?"

„Gerne, leg los!"

„Wenn jemand alles für mich macht, dann habe ich wahrscheinlich geglaubt, dass ich es nicht selbst machen kann. Das ich das nicht schaffen kann."

„Die Frage ist, Tanja, wer oder was ließ dich glauben, dass du es nicht schaffen kannst. Deine Mutter war es ja nicht, wie wir herausgefunden haben. Wen hattest du notiert?"

„Meinen Klassenlehrer aus der Grundschulzeit! Der hat beim Elternsprechtag im ersten Schuljahr schon zu meiner Mutter gesagt, dass er nicht glaubt, dass ich es schaffen würde! Ich war damals dabei, ich hab es mitgehört!!"

„Über welches Thema wurde denn gesprochen?"

Tanja schaut sie etwas überrascht an.

„Keine Ahnung! Für mich war das immer eine Aussage über meine Fähigkeiten!"

„Und wenn sie überlegt haben, ob du in einem Theaterspiel eine Rolle spielen solltest, oder ob du körperlich groß genug warst, um beim Turnen Hilfestellung zu leisten … oder … oder?"

„Ach Herrje und ich in meinem kleinen Denken habe es direkt auf all meine Fähigkeiten bezogen und gedacht, ich sei ein dummes Kind."

„Schau, so einfach geht erschaffen!", lacht Isabel.

„Wichtig ist, das jetzt zu ändern. Dir zu vergeben, dass du als Kind so gedacht hast. Du wusstest es ja nicht besser. Und ebenso wichtig ist es, dir jetzt zu erlauben, an dich und deine

143

vielseitigen Fähigkeiten zu glauben. Und ganz wichtig: zu wissen, dass Gott dich liebt, so wie du bist, denn deswegen hat er dich speziell erschaffen!!!"

„Wow!" Ganz überwältigt von der Logik und gleichzeitig gefühlten Tragik ihres Lebens sinkt Tanja ins Sofa zurück.

„Vielleicht fragst du einfach mal deine Mutter, deinen Mann, Freunde, was sie an dir schätzen. Welche Fähigkeiten sie an dir erkennen können? Das tut unheimlich gut!!" Isabel lächelt Tanja aufmunternd an.

„Okay, Tanja. Auf die Art und Weise kannst du alle Probleme - ach übrigens: *pro* bedeutet *für* uns – alle Probleme in deinem Leben anpacken. Es kann sein, dass sie sich nicht immer so einfach durchleuchten lassen. Aber gib nicht auf!" Isabel zwinkert mit den Augen.

„Puh, Resümee meines Lebens ist also, dass ich nicht an mich geglaubt habe, mich nicht zu verteidigen gewagt habe und keinem gezeigt habe, was ich leisten kann."

„Jetzt bist du aber über die grundsätzlichen Regeln etwas aufgeklärter und kannst deine Erkenntnis, die übrigens noch nicht allumfassend ist, verändern! Indem du deine Gedanken zusammen mit den einher gehenden Gefühlen beobachtest, nachdenkst und gegebenenfalls deine Einstellung änderst. Deine Seele 'beobachtet' dich und möchte, dass du dich weiterentwickelst. Um in diesem Bild zu bleiben, merkt sie jetzt, dass du eben nicht auf dem richtigen Weg bist. Und darauf fordert sie deinen Körper auf, krank zu werden, damit du zu Erkenntnis gelangen kannst."

Isabel weiß, dass Tanja noch eine Hürde nehmen muss, bevor sie die Tragweite ihres Denkens endgültig verstanden haben wird.

„Moment, sagst du da gerade, dass wir krank werden, wenn wir falsch denken?"

144

„Wir können krank werden, wenn das Gleichgewicht zwischen unserem Körper und unserer Seele nicht mehr gegeben ist. Falsches Denken ist daher nicht das richtige Wort. Das wäre ja eine Bewertung. Bewertungen bringen uns nicht weiter. Vielleicht könntest du diese fehlende Balance verstehen als nicht im Sinne deiner Seele. Denn unsere Seelen haben eine Idee, einen Plan für unser aktuelles Leben."

„Das wird ja immer komplexer." Tanja schwindelt es schon.

„Ich weiß … und all das, was ich dir erzähle, bleibt ein Glaube, eine Vorstellung von unserem Sein, von der Art wie unser Sein gedacht sein könnte. Aber du kannst mir noch folgen, oder?"

„Ja, noch geht es. Mach nur weiter … Du, mir kommt da ein Gedanke: … warum ist denn Katinka so krank Warum hat sie denn Leukämie?"?

Isabel holt tief Luft.

„Es gibt Bücher, die über die Ursache der Krankheiten hilfreiche Anregungen geben und mir persönlich denken helfen. Leukämie ist ein anderer Name für Blutkrebs, nicht wahr? Das heißt, es gibt zu viele oder zu wenige weiße Blutkörperchen im Körper. Medizinisch weiß ich nichts darüber, außer dass die Blutkörperchen für das Immunsystem zuständig sind. Bei dieser Krankheit hat der Körper also Schwierigkeiten, sich zu verteidigen oder man könnte auch vermuten, dass die Person es nicht wagt, sich selbst zu behaupten."

Plötzlich sitzt Tanja kerzengerade auf dem Sofa und blickt Isabel ungläubig an.

„Ja aber, … Isabel, das würde ja bedeuten … Nein, das kann ich nicht glauben!"

Isabel wechselt ihren Platz und setzt sich neben sie. Vorsichtig legt sie ihre Hand auf Tanjas Schulter und redet weiter.

„Es kann daher so sein, dass es zwei Möglichkeiten gibt, Tanja: dein Kind trägt die Krankheit unbewusst für dich oder sie denkt genauso wie du."

Wie in Trance wendet Tanja ihr den Kopf zu und flüstert:

„Katinka ist überhaupt nicht wie ich. Sie ist mutig, sie kämpft … Ich habe sie so viel ausprobieren lassen, sie sollte freier als ich aufwachsen. Eric hat mich darin sehr unterstützt! Nein, Isabel, dann … dann trägt sie es für mich. Oh mein Gott!"

Isabel streicht ihr über den Kopf und wartet.

Tanja weint und weint. Sie erkennt mit einem Mal die Tragweite ihrer Gedanken.

„Isabel, was kann ich tun? Kann ich meinem Kind helfen? Kann ich die Krankheit selbst übernehmen?" Sie schluchzt noch, ist aber wild entschlossen, etwas zu tun. Ihr Wille zur Veränderung ist nun definitiv geweckt. Isabel erklärt ihr, dass Heilung meist dann geschieht, wenn die Ursache eines Projekts, einer Krankheit im Bewusstsein angekommen ist. Und Tanja ist im Laufe der Gespräche und Bewusstseinsarbeit mit Isabel ja tatsächlich einiges bewusst geworden!!

In der nächsten Stunde arbeitet Isabel noch mit ihr in Sachen Vergebung, da es jetzt außerordentlich wichtig ist, dass Tanja sich selbst vergibt, was geschehen ist. Nur dann kann sie zur Liebe zu sich selbst gelangen.

Allmählich erholt Tanja sich.

„Wird Katinka wieder gesund, Isabel?"

Isabel weiß, dass Heilung auf allen Ebenen stattfinden kann, auch im Sterben. Aber sie weiß auch, wie wichtig der Glaube an Gesundung ist und dass eine positive Ausrichtung in diesem Moment ganz entscheidend ist.

„Ich glaube fest daran! Die Selbstheilungskräfte ihres Körpers sind durch deine innere Arbeit angeregt worden und auch Katinka hat ja schon erste eigene Erkenntnisse gehabt … Zusätzlich können wir unsere positive Gedankenkraft hinein ge-

146

ben und sie als gesund, heil und vollkommen ansehen. Damit drehen wir den Energiefluss. Dankbar und voller Mitgefühl. Im Vertrauen, dass alles gut wird. Mehr können wir selbst nicht tun."

„Das heißt, wir tun als ob? Und das hilft?"

„Ja, das hilft! Bete und danke Gott für ihre Heilung! Vertraue der göttlichen Kraft und glaube daran, dass Heilung möglich ist."

„Oh ja, das werde ich tun und ich werde mir unendlich viel Mühe dabei geben!" Tanja strafft ihre Schultern.

„Ich weiß!!" Isabel strahlt Zuversicht aus.

Tanja blickt auf die Uhr.

„Isabel, weißt du, wie lange wir beiden hier schon sitzen und reden??"

„Sicher länger, als wir uns vorstellen."

„Egal, das war sehr erkenntnisreich und Augen öffnend. Ich würde gerne noch mehr hören, aber ich will die Geduld meiner Mutter nicht zu sehr strapazieren. Ich bin ja so glücklich, dass sie auf die Kinder aufpasst und ich mal wieder weg kann."

„Das ist auch wichtig für dich!", betont Isabel ernst.

„Ich merke es. … Ach, das will ich dir noch eben erzählen. Mich hat eine alte Freundin angerufen und wir haben uns für nächste Woche verabredet!! Meine Mutter will auf die Kinder aufpassen. Ich freue mich darauf wie ein kleines Kind! Es ist so lange her, dass ich mich mit jemandem einfach so getroffen habe!!" Tanja hat sich gefangen und kann wieder lächeln. Auf dem Weg zur Tür umarmen sie sich noch einmal und Isabel wünscht ihr alles Liebe.

# Des Rätsels Lösung

Florines Telefon schellt.

„Paul hier, ich hab nicht viel Zeit. Heute Abend sechs Uhr im Foyer des Holiday Inn. Kannst du dahin kommen, Florine?"

„Hallo Paul, Moment – ja, kann ich möglich machen."

„Okay, mehr heute Abend. Tschau!!"

Verdutzt schaut Florine das Telefon an, na das klingt ja spannend. Wer weiß, wofür es gut ist, denkt sie sich fröhlich und verschiebt schnell den ursprünglich geplanten Termin.

„Pünktlich um 16 Uhr war ich im Foyer", erzählt sie Isabel zwei Tage später, als sie sich in ihrem Lieblingscafé treffen.

„Kein Paul zu sehen, nirgends, Isabel. Ich fing nach einer halben Stunde an, am Termin, am Treffpunkt, an Paul und an mir zu zweifeln. Nach einer Stunde war ich richtig ärgerlich.

Paul wunderte sich sehr über meine Stimmung als er kam, er war pünktlich um 18 Uhr da. Was ich denn wollte? Vor lauter Vorfreude auf ihn war ich tatsächlich zwei Stunden zu früh erschienen.

„Florine! Oh du Arme!", Isabel hält sich zwar die Hand vor den Mund, kann es aber nicht verhindern laut zu lachen. Florine zwinkert ihr zu, grinst und fährt fort:

„Paul hielt sich damit auch gar nicht lange auf, sondern führte mich an die Bar und bestellte uns etwas zu trinken.

Fünf Minuten später füllte sich das gesamte Foyer mit Menschen, angeführt – du glaubst es nicht – von jener Reporterin mit dem besonderen roten Pagenkopf. Ich war sprachlos, wie du dir sicher vorstellen kannst Das war genau die Frau, der ich Boennkes Wohnungstür vor der Nase zugeschlagen hatte. Ich sah Paul an, der triumphierend strahlte."

Isabel unterbricht sie wieder:

„Ja und dann, hast du sie gesprochen? Das klingt ja nach einem großen Auftritt!" Isabel staunt über das unerwartete Auftauchen der Reporterin. „Hat dich der Pagenkopf erinnert oder wie bist du so schnell drauf gekommen?"

„Joa, ich hatte ja eine Weile vorher schon ihren Namen von Paul genannt bekommen und danach gegoogelt. Dabei habe ich mir ausreichend Zeit genommen, ihr Gesicht und ihre Vita zu studieren. Du, eine Reporterin von Weltruhm ist das. Die kennt Stars und Sternchen, vor allem aber die wirklich Reichen. Und sie ist immer zur richtigen Zeit am richtigen Ort, um die passenden Storys zu schreiben."

„Aha, los, erzähl weiter!!!"

„Also, sie rauschte mit ihrer gesamten Crew durchs Foyer. Und der Spuk verschwand genauso, schnell wie er kam, im Aufzug. Ich sah Paul fragend an und wollte hinterher, aber er hielt mich am Arm und winkte ab.

„Geduld, meine Liebe, Geduld", meinte er ganz entspannt.

Dann führte er mich in den Restaurantbereich, sprach einen der Kellner an und dieser führte uns zu einem Tisch in einer separaten Ecke, der für drei Personen reserviert und gedeckt war.

Von dem Moment an hielt ich nur noch den Atem an und fragte mich, was Paul wohl noch so alles drauf hat. Tatsächlich, eine Viertelstunde später kam Caroline West an unseren Tisch, begrüßte Paul wie einen alten Bekannten und stellte sich mir vor. Total bodenständig, überhaupt nicht abgehoben. Mir fehlten zunächst die Worte.

Paul erklärte mir dann, dass er Caroline von der Schule her kennt. Er hatte mit ihrem Namen nichts anfangen können, aber sie erkannte seinen Namen wieder und so war es leicht, das Treffen an dem Abend zu arrangieren, da sie zufällig in der Gegend war."

149

Florine nimmt einen Schluck Kaffee, sie ist noch ganz atemlos vom Erzählen.

„Isabel, dieser Mann verzaubert mich ...“

„Florine, das muss jetzt warten, erzähl bitte erst weiter von dieser Frau und eurem Treffen.“

„Ach ja, sie hat studiert, die passenden Kontakte knüpfen können und dann einen reichen Amerikaner geheiratet. Leider ist er an Krebs verstorben und seitdem hat sie ihren Job ausgebaut und tourt durch die Welt und toppt in ihrer Branche, weil sie immer DIE authentischen Berichte oder Bücher schreiben kann. Soweit meine laienhafte Zusammenfassung.“

„Ja und warum stand sie bei Tanja vor der Tür?“

„Du glaubst es nicht, aber sie kennt Tanjas Ehemann Eric. Er ist Maler und er scheint sein Metier echt gut zu beherrschen. Eines seiner Bilder ist unter der Rubrik „Newcomer“ in Brisbane, das ist in Australien, ausgestellt worden. Das ist für einen kleinen unbekannten Nichtaustralier schon eine Nummer.“

„Ja, das kann ich mir vorstellen! Weiter!“, drängt Isabel.

„Caroline bekam Wind davon und erfuhr außerdem ganz zufällig, dass einer der Millionäre aus ihrer superreichen Zielgruppe von eben diesem Newcomer und der Ausstellung in Brisbane schwärmte. Eric war schnell gefunden und ein Treffen vereinbart. Augen und Ohren offen zu halten sei immer schon Carolines Art zu arbeiten gewesen, hat Paul mir später bestätigt.“

„Florine, bleib beim Thema!“, grinst Isabel.

„Ja, klar. Was auch immer Eric ihr erzählt haben mag, sie schrieb im Geiste schon die passende Geschichte und visualisierte dafür noch das i-Tüpfelchen. Sie wollte die Ehefrau des Aufsteigers kennenlernen und ihr Filmteam sollte die aufschlussreichsten Momente dazu einfangen. Das hätte für entsprechende Schlagzeilen sorgen können.“

150

„Moment, du willst mir sagen, diese Highsociety-Reporterin schellt an Tanjas Haustür, um ihr zu sagen, dass ihr Mann mit seinen Gemälden … nun sagen wir mal ... erfolgreich ist und du kommst und schlägst ihr die Tür vor der Nase zu?"

Isabel holt tief Luft und schaut ihre Freundin mit einem erneuten Glucksen in der Kehle an. Florine macht große Augen und schaukelt wild mit ihrem Kopf. Als Isabel endlich wieder sprechen kann, fragt sie:

„Warum hat diese Caroline sich denn dann überhaupt abwimmeln lassen, frage ich mich."

„Genau DAS habe ich sie auch gefragt! Sie antwortete darauf nur, sie habe genug Menschenkenntnis um zu erkennen, ob sie jemanden überfordere oder nicht. Und in Tanjas Augen hatte sie gesehen, dass diese Frau grade ganz andere Sorgen hatte."

„Nun gut, das war ja auch wirklich der Fall. Also bist du eigentlich im rechten Moment aufgetaucht, denn sonst wäre alles über Tanja hinweg gerollt und sie hätte ihre inneren Themen jetzt nicht aufarbeiten können. Und was ist mit Eric los? Warum kommt er nicht heim? Warum meldet er sich nicht bei ihr, bei den Kindern?"

„Keine Ahnung. Sie hat uns dann noch erzählt, dass sie kurz danach wieder in Australien zu tun hatte und ihn dort bei einer Vernissage in Canberra wieder traf. Kurz nach diesem Treffen konnte Paul den Kontakt zu ihr herstellen. Die persönliche Geschichte von Tanja habe ich natürlich nicht weitergegeben, Isabel."

„Cool, echt irre, und was machen wir jetzt?"

"Warte, das Highlight kommt ja noch! Eines von Erics Bildern ist gestern gekauft worden!! Und das ist spektakulär, da es ein siebenstelliger Betrag war!!"

Isabel schaut Florine mit ganz großen Augen an und zählt in Gedanken heimlich die Nullen.

„Mein Gott, dann … dann … in meinem Kopf purzelt alles durcheinander. Wie wird es dann erst Tanja ergehen, wenn sie das hört?"

„Ja, das wird noch spannend! Das ist wie in einem Roman. Caroline will auf jeden Fall am Ball bleiben und nachhören, ob und wann Eric wieder nach Hause kommen will."

„Florine, das ist eine so gute Nachricht für Tanjas Sorgen, möge sie bald davon erfahren. Etwas Geld hätte die ganze Situation schon entspannt, soviel wäre gar nicht nötig gewesen – ist aber durchaus genial!", jubelt Isabel mit einem dankbaren Blick nach oben.

„Ich bestell uns beiden ein Glas Sekt, was meinst du?".

„Super Idee, wir könnten ja schon mal vorfeiern", grinst Florine und nickt der Kellnerin zu.

# Heilung

Eric kann es immer noch nicht fassen. Endlich! Endlich! Endlich eine Bestätigung. Nach so vielen Jahren hat endlich jemand eines seiner Bilder gekauft. Und richtig gutes Geld dafür auf den Tisch gelegt.

Sein Gesicht leuchtet vor lauter Freude, als er sich im Spiegel betrachtet.

„Du hast es geschafft, Junge!! Du bist es wert. Du wirst gesehen! Jetzt kannst du deiner lieben Tanja endlich wieder in die Augen schauen und deine Kinder ernähren!!"

Vor Begeisterung tanzt er durch sein kleines Apartment und hält dabei eine imaginäre Tanja im Arm.

Es klopft, Phil steht vor der Tür.

Phil ist der einzige Freund, den Eric in Australien hat. Er ist ein Aborigine, ein Ureinwohner Australiens. Ein Mensch mit einer tiefen Verbundenheit zur Natur, einer Verbindung zum Ursprünglichen und vor allem dem vollen Vertrauen an das

152

große Ganze, an den Einen. Phil war es, der Eric aufgenommen hat, ihm diese kleine Wohnung besorgt und vor allem an ihn geglaubt hat. Zwischen beiden ist in dieser kurzen Zeit eine tiefe Freundschaft entstanden.

„Phil, komm rein!", Erics Stimme sprüht vor Begeisterung und er zieht Phil fest an sich und umarmt ihn. „Danke dir, Danke … ohne dich wäre das nie was geworden!!!"

Der ältere Mann lächelt Eric freundlich an.

„Ja, ich habe an deine Gabe geglaubt! Und nachdem du verstanden hattest, wie die Gesetze des Universum funktionieren und an das Licht in dir und deinen wahren Wert glauben konntest, dann … erst dann konnte dieser Erfolg kommen. Jetzt kannst du weiter an dich glauben und wirst bestimmt noch viele Erfolge feiern dürfen. Ich wünsche es dir von ganzem Herzen!!"

Eric drückt ihn gerührt noch einmal an sich.

„Phil, ich teile die ganze Summe mit dir!!"

„Nein, mein Freund, das macht keinen Sinn. Nimm dein Geld mit und versorge damit deine Familie. Du bist weg gelaufen vor deiner Verantwortung. Vergiss das nicht!! Wir haben oft genug darüber gesprochen. Jetzt hast du dich selbst, deiner wahren Kern, entdeckt und mit dem Erfolg im Außen kannst du nun gut für deine Lieben sorgen."

Lächelnd schaut Eric ihn an.

„Ja, ich weiß. Ich fühle mich dank deiner Unterstützung stark wie ein Baum. Du hast mir geholfen, mich aus meiner inneren Verwicklung zu schälen. Mein Selbstwertgefühl ist so stabil geworden. Und ich weiß, wer ich bin und dass ich mit all meinen Fehlern, Kanten, Ecken, meinen Fähigkeiten, meinen Gefühlen, meinen Gaben einfach vollkommen bin. Genauso wie die Göttliche Einheit es geplant hat. Ich habe so vieles gelernt bei dir. Phil, wie kann ich dir dafür danken?"

„Setz dich, ich muss dir noch etwas abschließendes erklären."

Mit einer Karaffe Wasser und zwei Gläsern kehrt Eric aus der Kochnische zurück und setzt sich zu Phil.

„Eric, du hast Großartiges geleistet. Du hast deinen Beitrag zur Verbesserung der Energie für Mutter Erde geleistet."

Der fragende Blick von Eric lässt Phil langsam weitersprechen.

„Alles ist Schwingung. Wenn du dich selbst als minderwertig oder wertlos betrachtest hältst du automatisch deine Schwingung gering. Du merkst das daran, dass dein Leben dir das direkt bestätigt, denn du erlebst keinen Erfolg, keinen Flow. Alles ist Schwingung. Wenn du dich großartig fühlst, genau wie jetzt", er lächelt Eric an. „dann erhöhst du deine Schwingung. Und du kannst den Unterschied zu vorher wahrnehmen, stimmt es?"

Eric nickt bedächtig und hört konzentriert zu.

„Auch ich fühle einen deutlichen Unterschied deiner heutigen Schwingung gegenüber der vor Wochen, als wir uns kennenlernten. Du hast deine Schwingungsfrequenz definitiv erhöht. Bis hierher alles verstanden?"

Phil nimmt einen Schluck Wasser und setzt seine Erklärung fort: „Das heißt, an deinen Gefühlen kannst du feststellen, wie hoch du schwingst. Wenn du deine Altlasten bereinigst hast, vergeben hast - und das, mein Freund, haben wir in den vergangenen Tagen mehrfach getan – und du dich dauerhaft vollkommen fühlen kannst, dann strahlst du eine merkbar höhere Schwingung aus. Die Natur und deine Umgebung nehmen sie unwillkürlich wahr; deine Freunde, Familie, deine Stadt, dein Land, die Welt und natürlich Mutter Erde. Du hast damit allen geholfen. Ein Stück Minderwertigkeit ist von unserem Planeten in Selbstwert verwandelt worden!"

In Erics Augen schwimmen Tränen, als ihm die Tragweite seiner geistigen Arbeit mit diesem besonderen Menschen bewusst wird.

154

„Wenn deine Arbeit, Phil, derart bedeutend ist, wie kann ich dir da überhaupt danken?", flüstert er fast.

„Eric, mein höchstes persönliches Ziel ist die Verbesserung der Lebensenergie hier auf diesem großartigen Planeten zu erreichen. Ich möchte, dass die Liebe wieder Einzug hält, dass Frieden in und damit unter den Menschen herrscht, dass alle der Göttlichen Einheit vertrauen und sich führen lassen, im Einklang mit der Natur der Erde zu leben. Wenn ich dir also weiterhelfe, helfe ich dir und ebenso Mutter Erde. Du brauchst mir nicht danken. Ich habe dir zu danken." Fast ehrfürchtig blickt Phil Eric an.

„Es ist gut so, wie es ist. Nutze, was ich dich lehrte, Eric und gib es weiter an andere. Nur so können wir die Welt wieder lebenswert und vor allem auch wieder liebenswert machen!"

„Du wirst mir fehlen, mein Freund! Ich versuche, darauf zu vertrauen, dass ich alles behalten und weitergeben kann. Ich stelle mir einfach vor, dass du dann mit deiner liebenden Energie bei mir wärest. So, wie du es mir aufgetragen hast." Dankbar zustimmend nickt Phil ihm zu.

Versunken in sich selbst sitzen die beiden nebeneinander.

Dank Phil hat er es geschafft, seinen Eltern zu verzeihen! Sie waren ihrer Verantwortung als Eltern nie nachgekommen. Seine Mutter war viel zu jung für ein Kind gewesen und auch sein Vater fühlte sich schon während der Schwangerschaft nicht verantwortlich und lief einfach davon. Erics geliebte OmaMa war für ihn Mutter und Vater zugleich. Phil hat ihn gelehrt, was es bedeutet, Verantwortung zu übernehmen und was es für Tanja bedeutet haben muss, als er sie mit der Sorge für drei kleine Kinder einfach sitzen lies.

Es waren tiefgründige und deutliche Gespräche, die Eric sehr betroffen machten. Er erkannte, dass Weglaufen leider nicht die beste Lösung ist, sondern dass er die Verantwortung für sein Leben selbst tragen muss und kann. Eric seufzt tief und

155

konzentriert sich auf seine neue Kraft und Motivation. Ja, jetzt ist er bereit, heim zu fliegen – mit großer Freude im Herzen!

Phil öffnet die Augen und blickt ihn erwartungsvoll an.

„Und nun?", fragt er augenzwinkernd.

„Nun? Nun buche ich einen Flug nach Hause!" Innerlich jubelt alles in Eric.

## Loslassen

Im Café Blümchen sitzt Isabel glücklich Florine gegenüber.

„Meine Herrn, was bei Boennkes alles passiert ist! Das hätten wir beide ja niemals erwartet, oder?"

Florine ist beeindruckt von Isabels Erzählungen. Als sie die Geschichte von Nellas Besuch hört, kann sie sich allerdings vor lachen kaum halten und verschluckt sich an ihrem Tee. Sogleich blickt die freundliche Bedienung um die Ecke und bietet Hilfe an. Doch das regt die arme Florine nur zu einem erneuten Lachanfall an. Lachend reicht Isabel ihr ein paar Taschentücher, aber es dauert einen weiteren Moment bis Florine wieder normal atmen kann.

„Ich muss allerdings zugeben, dass ich an dem Abend richtig müde war und sofort schlafen ging! Ich ziehe den Hut vor Tanja, da sie ja solche Tage normalerweise noch neben ihrer Berufstätigkeit stemmen muss."

„Wie geht es denn Katinka??"

„Katinka geht es bedeutend besser! Sie ist schon längst nicht mehr schlapp und müde. Im Gegenteil: sie ist – dort wo sie sich auskennt – recht flink unterwegs. Sie macht, so wie Tanja erzählt, bei den unterschiedlichen Therapiestunden aufmerksam mit. Auch die Unterrichtsstunden im Krankenhaus tun ihr gut. Sie ist total motiviert! Das freut mich soooo sehr!"

156

„Das hört sich an, als sei sie wirklich auf dem Weg der Besserung!", staunt Florine.

„Ja, ich habe mit Tanja auch energetisch gearbeitet, sie selbst an sich auch! Danach kann sich alles nur noch zum Positiven hin entwickeln. Wenn der liebe Gott noch gnädig seine Hand über diese Situation legt, wird es gelingen. Und es ist eine wunderbare Bestätigung, wenn das Mädchen jetzt auch wirklich wieder gesund wird. Ich glaube ganz fest daran!!"

„Sag mal Florine, wie läuft es denn eigentlich mit dir und Paul?"

Isabel blinzelt ihre Freundin an. Diese wird rot vor Freude und zwinkert zurück.

„Bestens! Ich habe gar nicht gedacht, dass ich mich wieder so sehr verlieben könnte ...! Ja, ich bin total glücklich!" Ihr Gesicht bestätigt, was sie sagt. Und Isabel kann es fühlen.

„Ihr kennt euch doch schon viel länger. Warum funkt es jetzt erst zwischen euch?", fragt Isabel nachdenklich.

„Ich weiß es nicht. Hab mich das auch schon so oft gefragt, aber es soll wohl jetzt erst so sein. Wahrscheinlich musste ich die Beziehung mit Johan vorher erst noch erleben und begreifen, dass ich die wahre Liebe nur finde, wenn ich mich selbst liebe. Du weißt ja, dass ich daran lange geknabbert habe. Du hast mir in unseren Gesprächen so viele Tipps gegeben. Mittlerweile kann ich gut alleine mit mir leben. Aktuell freue ich mich, wenn Paul dabei ist und das Leben gemeinsam noch schöner wird. Loslassen können – das war der Knackpunkt. Ich bin mit Paul glücklich, aber auch ohne ihn!"

„Das Leben ist so schön!", strahlt Isabel sie wissend an.

„Sag mal, hast du heute Abend noch was vor? Paul und ich wollen noch ins Kino – magst du nicht mitgehen?"

„Was läuft denn?"

„Sneek View!! Keine Ahnung!"

„Oh, das ist immer lustig. Gerne komm ich mit!!"

# Fügungen

Nach einem Zwischenstopp in Abu Dahbi landet Eric nach zwei Tagen Reisedauer endlich in Frankfurt. Wieder zu Haus! Er fühlt sich wunderbar und ist voller Tatendrang.

Während des Heimweges hat er immer und immer wieder überlegt, wie er seine Heimkehr am besten gestalten sollte. Was wäre für alle Beteiligten das Beste? Sein Plan ist noch wackelig, aber er ist guter Dinge. Er hat von Phil gelernt, dass er immer auf seine Führung vertrauen soll. Diesbezüglich ist er jedoch noch etwas unsicher und daher gespannt, wie das so vonstatten gehen wird.

Mit seinem Gepäck sucht er das nächste Café des Frankfurter Airports auf und beginnt zu telefonieren. Tanjas Arbeitgeberin spielt mit und will Tanja morgen Urlaub geben, natürlich ohne ihr das zu sagen.

Sein Handy klingelt. Es ist ein Anruf von einer unbekannten Nummer.

„West, mein Name, Herr Boennke können Sie sich noch an mich erinnern?", meldet sich eine weibliche Stimme.

„West? … Ja, Ihre Stimme kommt mir irgendwie bekannt vor … helfen Sie mir doch bitte weiter."

„Ich bin Reporterin, wir haben uns zuletzt in Canberra auf einer Vernissage gesprochen. Hilft Ihnen das weiter?"

„Ja, klar! Sie sind tatsächlich die einzige Reporterin mit der ich jemals sprach", lacht Eric.

„Ich würde Sie gerne noch einmal treffen. Wo sind Sie jetzt gerade, Eric?"

„In Frankfurt, bin eben gelandet. Worum geht es denn?"

„Nun, dann scheine ich ja genau im richtigen Moment anzurufen. Ich sitze im Flieger nach Frankfurt … auf der Durchreise. In zwei Stunden sollten wir gelandet sein. Es wäre wirklich wichtig! Haben Sie Zeit, auf mich zu warten?"

158

„Das ist kein Problem! Lässt sich machen. Melden Sie sich einfach, wenn Sie gelandet sind!"

„Großartig! Ciao!"

Eric wundert sich ein wenig, wendet sich dann aber genüsslich seinem Frühstück zu, das schon wartend vor ihm steht.

## Einsatz des Bodenpersonals

Florine sitzt im Büro, hat den Hörer zwischen Schulter und Ohr geklemmt und trommelt mit den Fingern auf dem Tisch.

„Na komm schon, Isabel, geh dran!"

Endlich hört sie ihre fröhliche Stimme.

„Florine, guten Morgen."

„Guten Morgen, Isabel. Du, hör mal. Caroline West hat mich vor ein paar Minuten angerufen. In zwei Stunden wird sie Eric treffen. Stell dir vor, er ist in Frankfurt!"

„Das ist ja eine Überraschung!", platzt Isabel dazwischen.

„Das kannst du laut sagen!! Sie hat den Impuls gehabt, dass er vielleicht ein wenig Unterstützung benötigen könnte, damit seine Rückkehr für alle schön wird. Was denkst du?"

„Genial überlegt. Am einfachsten wäre es, wenn Eric mich anrufen könnte. Dann erfahre ich, was er plant und wir können schauen, ob und wie das hier in den Tagesablauf passt. Gib ihr doch einfach meine Telefonnummer. Was meinst du dazu?"

„Das scheint das Klügste zu sein. Prima. Ich ruf sie gleich zurück!! Halt mich auf dem Laufenden, ja?"

„Wir sehen uns doch noch diese Woche. Du hast doch nicht etwa unseren Theaterabend vergessen??"

„Ja stimmt, beinahe", lacht Florine. „So, ich muss noch was tun. Bis dahin!"

„Bis dahin", freut sich Isabel und legt auf.

# Impulsen vertrauen

Flotten Schrittes geht Caroline West zwei Stunden später durch den Flughafens auf den Informationsstand zu und fragt nach dem Weg zu dem Café, dessen Namen Eric ihr gesimst hatte. Die freundliche Dame erklärt ihr die Richtung. Ein paar Minuten sei es schon noch zu gehen, fügt sie noch hinzu.

Das Telefonat mit Pauls Freundin Florine war sehr konstruktiv. Caroline ist gespannt auf das Gespräch mit Eric und hat nebenbei so ein unbestimmtes Gefühl, dass die Welt noch was von dem jungen Aufsteiger in der Künstlerszene hören wird. Natürlich wird sie dann selbst über ihn berichten.

An der nächsten Ecke erreicht sie schon ihr Ziel und entdeckt auch gleich den blond gelockten Haarschopf von Eric, der in einer Tageszeitung liest.

„Hey, schön Sie wiederzusehen, Eric."

„Das geht mir ebenso, Lady", antwortet Eric galant und fragt sich dabei etwas nervös, ob ihm wohl ihr Vorname wieder einfallen wird?

„Sie fahren also wieder nach Hause? Hat Ihnen Australien etwa nicht gefallen?", lacht Caroline.

„Australien ist schon ein schönes Land. Doch soviel habe ich ja gar nicht davon gesehen."

„Ach", wundert sie sich, „das heißt, sie waren gar nicht so lange dort?"

„Frau West, wissen Sie …"

„Caroline!"

„Caroline, dafür müsste ich ein wenig ausholen", zögert Eric.

„Eric, glauben Sie mir, es gehört tatsächlich zu meinem Job, zuzuhören. Wenn Sie mögen, erzählen Sie bitte!" Entspannt baut sie Vertrauen auf.

160

„Okay, also, ich habe meine Familie vor etwa drei Monaten verlassen. Bin dann nach London gereist und habe dort irgendwann, ganz zufällig, Mr. Brisborne kennengelernt. Sein erklärtes Ziel war, und ist es hoffentlich noch immer, junge Künstler zu fördern. Er hat sich meine Bilder angesehen und sie gefielen ihm außerordentlich gut. Er schien sich in der Branche auszukennen und teilte mir mit, dass er für mich in England keine Chance sähe. Kurzerhand organisierte er für mich einen Flug nach Australien und steckte mich in einen Flieger nach Brisbane. Dort sollte ich mit meinen Bildern an einer Vernissage teilnehmen. Nun das ist schon die ganze Geschichte."

„Die ganze Geschichte?", fragend sieht sie ihn an und lächelt ein wenig.

Eric lacht sie an:

„Ja ja, Sie haben Recht. Ich habe tatsächlich ein Bild verkauft! Mein Traum ist in Erfüllung gegangen!"

Caroline sieht ihn mit einem begeisterten Strahlen im Gesicht an und ruft euphorisch:

„Eric, haben Sie das schon gefeiert?" Dabei schnipst sie schon mit dem Finger um zu ordern … doch schnell genug fällt ihr wieder ein, dass dieses Café keine Kellner hat und auch keinen Champagner anbietet. Laut lachend zieht sie ihre Hand zurück und greift zur Tasse Kaffee, die Eric ihr geholt hatte, und stößt mit ihm an.

„Meinen Glückwunsch!" Sie lacht dabei immer noch vor sich hin.

Eric schaut ihr amüsiert zu und erzählt:

„Richtig feiern werde ich das natürlich mit meiner Familie! Meine Frau weiß bisher von nichts!"

Caroline verschluckt sich fast an ihrem Kaffee. Doch dann holt sie tief Luft und ist wieder fähig zu reden.

„Sie sind verheiratet? Haben Sie Kinder, Eric?"

161

„Drei wunderbare kleine Mädchen!", antwortet er sichtlich stolz. Dann wird sein Blick für einen Moment etwas starr und er blickt ins Weite. Caroline geschultes Auge nimmt diesen Blick wahr und reagiert:

„Ist etwas nicht in Ordnung?"

„Ich hatte es tatsächlich zuletzt ganz verdrängt ...", in seinen Augen stehen plötzlich Tränen.

„Meine Große - Katinka - ist schwer krank." Er sieht sie traurig an und überlegt, ob er ihr überhaupt mehr erzählen soll.

„Caroline, ich möchte darauf hinweisen, dass meine private Geschichte nicht für die Öffentlichkeit gedacht ist!"

„Das kann ich verstehen, Eric und ich werde dies natürlich auch respektieren. Versprochen!" Sie sieht ihn dabei feierlich an.

„Wenn es Ihnen gut tut, können Sie gerne weiter sprechen." Erst nimmt Eric noch einen Schluck von dem heißen Kaffee und atmet tief durch. Phil hat er alles erzählen können. Phil hat alles verstanden. Wird sie es auch verstehen? Sie ist eine Frau. Wenn sie ihn versteht könnte Tanja ihn vielleicht auch verstehen?... Er blickt Caroline noch einmal prüfend an.

„Dies ist keine besonders schöne Geschichte, sie ist eher miserabel. Man hat bei meiner Tochter Leukämie diagnostiziert. Als Tanja mir das erzählte, zog sich alles in mir zusammen. Meine süße Tochter, ohne Haare, hundeelend, wohl möglich sterbend. Nein, Nein schrie alles in mir. Das kann nicht sein, das kann ich nicht ertragen. Am nächsten Morgen war ich schon weg. Mal wieder. Immer wenn mir die Lebensumstände unerträglich vorkamen, bin ich abgehauen. Tanja ist die beste und liebste Frau der Welt ... Sie ist eine starke Frau ... Sie schafft alles ... Sie hat mich bisher immer wieder aufgenommen ..." Tief durchatmend blickt er Caroline an. „Ich bin kein schlechter Kerl."

162

Caroline muss grinsen. Sie fühlt sich nicht berufen, ihm die Absolution zu erteilen.

„Und dieses Mal...?", fragt sie.

„Dieses Mal war das letzte Mal", bekennt Eric.

„Ich weiß jetzt, wer ich bin und ich bringe was mit. Nicht nur Geld, sondern auch einen Erwachsenen. Jemand, der ihr ab jetzt stark zur Seite stehen wird. Mich." Er wächst mit jedem Wort und Caroline sieht ihm an, dass er meint, was er sagt.

Sie lächelt ihn an. „Ich", und sie betont das *Ich*: „glaube Ihnen das!"

Der junge Mann hat sich gefangen und fühlt sich erheblich besser. „Sorry, das musste wohl raus. Danke fürs Zuhören!"

„Darf ich neugierig sein, Eric? Wie geht es jetzt weiter? Was ist Ihr Plan? Wollen Sie Ihre Familie überraschen?"

„Oh ja, ich habe schon einiges arrangiert. Tanja wird morgen nicht arbeiten müssen. Ihre Chefin hat mir zugesagt, dass sie morgen frei hat."

Caroline zieht die Augenbrauen hoch und pfeift anerkennend.

„Außerdem habe ich Blumen bestellt, die morgen Vormittag zugestellt werden sollen."

„Hört, hört", grinst Caroline.

„Abends werden wir gemeinsam essen gehen."

„Das ist ja schon ein anständiges Gerüst!", lobt sie ihn.

„Doch was ist mit den Kindern? Wissen Sie, ob es Termine gibt, die eingehalten werden müssen? Wer passt auf die Kinder auf, während Sie mit Ihrer Frau essen gehen?"

„Bei den Fragen bin ich auch schon angekommen. Ich habe es leider noch nicht übers Herz gebracht, meine Schwiegermutter anzurufen. Der alte Dr... - nein, so will ich ja nicht mehr reden, meine Schwiegermutter und ich waren bisher nicht so gute Freunde. Von ihr erwarte ich jetzt keine Unterstützung", gibt Eric etwas mutlos zu.

„Mehr Möglichkeiten sehe ich für mich von hier aus nicht. Also muss es reichen!"

Seine Mimik schwankt zwischen Verzagtheit und Mut.

Caroline schaut ihn abwartend an. Das irritiert ihn:

„Oder haben Sie etwa eine Idee?"

Sie schmunzelt und reicht ihm einen Zettel.

„Eine Telefonnummer von einer Isabel Blumél? Caroline, ich glaube nicht,dass ich den Namen schon mal gehört habe. Was soll ich mit diesem Kontakt?"

„Die Dame könnten Sie anrufen, sie wird Ihnen weiterhelfen können. Sie kennt Ihre Familie sehr gut."

Den Kopf schüttelnd blickt Eric auf den Zettel.

„Selbst, wenn dem so wäre, wie kommen Sie denn dann an diesen Namen? Sie kennen doch meine Familie gar nicht."

Caroline kramt in ihrer Handtasche, nimmt ihre Flugtickets heraus, steht auf und blickt ihn zuversichtlich an.

„Eric, ab hier handelt es sich um mein Berufsgeheimnis. Es liegt jetzt an Ihnen, daraus etwas zu machen oder es zu lassen."

Das erscheint Eric alles sehr rätselhaft.

Plötzlich fallen ihm Phils Worte ein … lass dich führen von der Göttlichen Einheit und vertraue … Er blickt Caroline ganz erstaunt an. Dann folgt er seinem inneren Impuls und geht auf sie zu und umarmt sie.

„Danke! Sie kann nur der Himmel geschickt haben!", flüstert er.

So stehen sie einen kurzen Moment und Caroline verabschiedet sich lächelnd.

„Wir sehen uns wieder! Ciao!"

Das ist schon ein komisches Gefühl. Eric muss fast lachen. Da steht er nun, hat die Telefonnummer einer ihm unbekannten

Frau in der Hand, die ihm Auskunft über seine eigene Familie geben können soll.

Die Frau, die ihm die Nummer gab, kennt er auch nicht wirklich und zudem hat sie sich geweigert, ihm mehr über die Hintergründe des Zettel zu erzählen.

Phil kommt ihm dabei nochmals in den Sinn und Eric stellt fest, dass er wirklich keine andere Möglichkeit hat, als zu vertrauen, dass das hier alles seinen ureigenen Sinn hat.

Die Nummer ist zumindest vergeben, jemand geht ran.

„Isabel Blumél."

Das passt ja schon mal.

„Ähm, ja hallo", stottert Eric, jetzt doch ziemlich aufgeregt.

„Hallo!", antwortet Isabel in ihrer freundlichen Art.

„Ja … ich … ähm … ich habe Ihre Nummer von einer Caroline West bekommen", tastet Eric sich langsam weiter.

„Sagt Ihnen der Name etwas?"

„Ja, ich kenne jemanden, der so heißt", Isabel ahnt schon, wen sie da am Apparat hat und freut sich.

„Sie sagte mir, … dass … äh ... Sie mir weiterhelfen könnten."
Eric kommt nicht weiter. Isabel merkt es und fragt:

„Wie ist denn Ihr Name? Vielleicht hilft der mir weiter."

„Ach ja, klar, ˈTschuldigung. Mein Name ist Eric Boennke, Caroline, also Frau West sagte mir, Sie kennen meine Frau und unsere Kinder sehr gut."

„Dann sind Sie Tanjas Ehemann. Wie schön!!" Die herzlichen Worte von Isabel tun Eric gut.

„Wo sind Sie denn jetzt, Herr Boennke?"

„Ich bin derzeit am Frankfurter Flughafen und will morgen nach Haus kommen. Ich möchte Tanja gerne überraschen. Doch es gestaltet sich schwieriger, als ich dachte. Ich kenne ihren aktuellen Tagesablauf nicht, der ist ja bestimmt etwas anders, so mit den ganzen Schwierigkeiten … " Seine Stimme klingt etwas beschämt, doch Isabel ignoriert das einfach.

„Um welche Zeit werden Sie denn hier ankommen?", fragt sie statt dessen.

„Nun, morgen früh, so gegen halb sechs schon! Tanja hat morgen frei, ich habe schon mit ihrer Chefin gesprochen. Außerdem habe ich für 19 Uhr einen Tisch beim Italiener bestellt … und …"

„Das ist doch ein guter Plan, Herr Boennke. Passen Sie auf, ich informiere die Erzieherin, dass die beiden Kleinen morgen nicht in den Kindergarten gehen werden. Und Katinka ist morgen auch zu Hause .Und kurz vor 19 Uhr kann ich dann zum Babysitten kommen. Wäre Ihr Plan so rund?", macht Isabel ihm Mut.

„Oh, Frau Blumél, das wäre genau, was ich mir gewünscht habe! Großartig!! Herzlichen Dank!!" Eric fühlt sich befreit.

„Dann wünsche ich Ihnen mit Ihren Lieben einen ganz tollen Neustart!! Bis morgen dann!!"

# Bestimmung

Leise flüsternd krabbelt Katinka in Tanjas Bett. Auch ohne ihren Stock findet sie sich mittlerweile gut in der Wohnung zurecht.

„Mami, Mami … ich habe geträumt!"

Tanja rückt ein wenig auf und dreht sich schlaftrunken um.

„Wie schön, mein Liebes. Du willst mir das jetzt bestimmt erzählen, oder?"

„Ja, das ist soooo schön gewesen!"

Seufzend fragt Tanja:

„Was hast du denn geträumt, mein Schatz?"

„Dass der Papa heimkommt."

„Ja, ich weiß. Das hast du doch schon mal geträumt."

„Aber, jetzt weiß ich, dass er schon ganz nah ist", grinst Katinka und freut sich wie verrückt.

166

„Woher weißt du das?", murmelt ihre Mutter.

„Er war in meinem Zimmer und hat mir erzählt, dass er jetzt wieder bei uns wohnt."

Tanjas Augen sind noch geschlossen.

„Das ist ja wunderbar!"

„Mami? ... Hörst du noch zu?"

„Hmm."

„Mami, der Papi fühlt sich ganz weich an." Dabei kichert die Kleine.

„Im Traum?"

„Nee, Mami in echt!" Katinka kann ihre Aufregung kaum noch verbergen.

So allmählich schafft Tanja es, ihre Augen zu öffnen. Es muss schon kurz vor sechs sein. Draußen ist es etwas dämmerig. Ihr Blick sucht Katinka und entdeckt dann eine zweite Silhouette im Raum. Schlagartig ist sie hellwach. Doch bevor ihr Adrenalinspiegel höher steigen kann, hört sie eine ihr gut bekannte Stimme:

„Tanja! Ich bin's."

Katinka strampelt vor Freude mit den Füßen. Und Eric kniet sich vors Bett und umarmt Katinka und Tanja gleichzeitig. Tränen laufen über Tanjas Gesicht und vermengen sich mit Erics. Katinka schlingt ihre Arme um ihre Eltern und ist überglücklich.

Irgendwann kann Tanja wieder Luft holen.

„Eric, wo kommst du denn her? Wie schön, dass du wieder da bist! Ich bin so froh!"

„Du bist mir nicht böse?" Allein Erics Stimme zu hören, lässt ihre Tränen weiter laufen.

„Nein, ich bin einfach nur froh, dass du wieder bei uns bist! Bleibst du?"

„Ja, ich bleibe. Ich laufe nicht mehr weg!"

Glücklich rutscht Tanja noch etwas an Seite, damit auch Eric, der heimlich und schnell noch den Wecker ausschaltet, sich ins Bett hinein legen kann. Katinka genießt es zwischen ihren Eltern zu liegen und jubelt innerlich.

Plötzlich hört man ein leises Tappern vom Flur. Clarissa stolpert hinein und zieht Maline hinter sich her.

„Ist da noch Platz?", fragt sie leise.

„Kommt zu mir, ihr beiden!", hört sie Eric antworten und ruft ganz laut:

„Das ist der Papa!! Der Papa ist wieder da! Papaaaaaaaa!"

An Schlafen ist überhaupt nicht mehr zu denken. Ein großes Gewusel im Bett, alle wollen den Papa umarmen. Es ist sehr eng. Tanja macht das kleine Lämpchen an und ruft:

„Maline, pass auf, du trittst gleich Katinka ins Gesicht. Sie kann doch nichts sehen!"

„Was sagst du da, Tanja? Katinka, du kannst nichts sehen? Oh mein Gott!" Eric ist entsetzt und kann es kaum fassen. Seine Hände suchen Katinka und streicheln ihr übers Haar.

„Papa, mach dir keine Sorgen", hört er dann Katinka sagen.

„Freu dich lieber, dann wird alles gut!!"

Es dauert eine ganze Weile bis Tanja einfällt, dass ihr Job auf sie wartet.

„Ach Herrje, ich muss doch aufstehen. Das hab ich glatt vergessen. Der Wecker hat gar nicht geklingelt. Eric, schau doch bitte mal nach, wie spät es ist."

Vollkommen entspannt greift Eric nach dem Wecker auf dem Nachttisch. „Oh, es ist schon acht Uhr, Tanja!"

„So ein Mist!", schimpft sie vor sich hin, während sie versucht sich aus den vielen Händen, Armen und Beinen um sie herum zu befreien. Die letzte Hand hat viel Kraft und lässt sie gar nicht los. Eric zieht sie wieder ins Bett und küsst sie liebevoll.

**168**

„Schatz, ich muss los …"

„Nö …"

„Doch, muss ich – bin doch eh schon zu spät. Wo Isabel nur bleibt?"

„Die hat auch frei!", nuschelt Eric und schielt von unten in ihr Gesicht.

„Hä, was sagst du da? Sie hat auch frei?"

„Joa!", Eric kann sich das Grinsen nicht mehr verkneifen.

„Eric, sag mir jetzt, was los ist!", Tanja wird ganz energisch.

„Du hast frei, Isabel auch!" Tanja holt Luft:

„Du?"

„Ja, ich hab ein wenig herum telefoniert. Ich dachte, du freust dich und wir haben mehr Zeit alle miteinander!!"

„Die Kinder werden im Kindergarten erwartet!!"

„Nein, auch nicht. Isabel hat alle Termine geklärt, umgelegt oder sonst was."

„Wie wunder-wunderschön!", ruft Tanja und lässt sich zurück ins Bett sinken. „eine grandiose Idee, nicht wahr, Kinder?

Begeistert stimmen alle zu.

Eine Stunde später klingelt es an der Wohnungstür. Schlaftrunken schrecken alle hoch. Tanja rappelt sich auf, gähnt ausgiebig, greift ihren Bademantel und schleicht zur Eingangstüre. Vorsichtig öffnet sie und blickt in einen riesengroßer, bunten Blumenstrauß.

„Für Sie!", sagt der Zusteller lachend, „würden Sie mir bitte quittieren, dass Sie diesen Strauß erhalten haben?" und hält ihr sein digitales Gerät zur Unterschrift hin und ist dann auch schon wieder weg.

Tanja kann den Strauß mit den Händen kaum umfassen, so gewaltig ist er. Ihn vor sich hertragend, tanzt sie wieder ins Schlafzimmer zurück. Ihr Gesicht leuchtet vor Glück als sie laut fragt:

169

„Wer mag mir denn mitten in der Woche solch wundervolle Blumen geschickt haben??" Über das Gebinde hinweg, sucht sie Erics Blick, der genauso strahlt wie sie und ihr fröhlich zu zwinkert.

„Ich war das!", gibt er freimütig zu.

Die Kinder staunen und klatschen vor Begeisterung über die tollen Blumen und die gute Laune.

„Katinka, du kannst den Strauß ja gar nicht sehen!", fällt Eric plötzlich ein. Katinka hört ihr Glöckchen aufmunternd bimmeln:

„Du kannst ihn mir doch beschreiben, Papi! Im Traum konnte ich dich auch sehen und auch das Bild, dass du für mich gemalt hast. Du hast es mir noch gar nicht gegeben."

Eric schaut sie verdattert an.

„Woher weißt du … " Weiter kommt er nicht, denn Katinka krabbelt lachend auf seinen Bauch.

„Papi, weißt du, meine Träume können sehen, was passiert."

Eric sieht Tanja fragend an. Die nickt.

„Ja, wir lernen hier täglich Neues!"

Dann geht sie in die Küche, lässt Wasser laufen und stellt den Strauß einfach ins Spülbecken. Sie findet keine passende Vase, aber darum will sie sich später kümmern.

Nach einem ausgedehnten Frühstück findet Eric endlich die mitgebrachten Geschenke in seinem Koffer. Die Kinder sind kaum noch zu bändigen, so aufgeregt sind sie.

Zunächst überreicht er Katinka eine große, sehr verdächtig aussehende Papprolle. Aufgeregt tastet sie die Rolle ab und sucht nach einer Öffnung, dann entdeckt sie den Deckel, wirft ihn übermütig in die Luft und steckt ihre kleine Hand in die Rolle.

„Das ist bestimmt ein Bild!!", ruft sie triumphierend und hält es gleich darauf hoch!! Eric schüttelt vor lauter Staunen den

170

Kopf und erklärt ihr etwas betreten, dass es ihm total leid tue, da sie das Bild ja gar nicht sehen könne.

„Ich hab dir doch gesagt, dass ich weiß, was du drauf gemalt hat. Ein Känguru! Stimmt es???", fragt sie und legt den Kopf schelmisch auf die Seite.

Clarissa schaut das Bild interessiert an.

„Ja, Tinka, das ist ein Känguru und vorne aus seinem Bauch schaut noch eins raus!"

„Oh, wie schön, ein Baby-Känguru!!" Vergnügt bewegt Katinka sich in Erics Richtung und umarmt ihren Papa ausgiebig.

„Danke!!!"

Eric fühlt sich im Augenblick etwas überfordert. Aber auch Tanja fehlen die Worte, da sie sich gut daran erinnern kann, was Katinka ihr erst vor ein paar Tagen von ihrem Traum erzählt hat. Sie nimmt Erics Hand und drückt sie aufmunternd. Clarissa bekommt einen Malblock zum Ausmalen mit ganz vielen Kängurus und Maline prüft ihr neues kleines Stoff-Känguru, ob es auch einen Beutel hat, so wie auf Papas Bild. Alle sind restlos glücklich.

Und dann erzählt Eric ihnen von den Tieren, die er in Australien gesehen hat. Er erwähnt genau die Dinge, die Katinka geträumt hat. Tanja staunt noch mehr und sie fühlt eine Gänsehaut auf ihrem Körper.

Tanja schlägt vor, dass alle gemeinsam zum großen Spielplatz gehen. Dieser ist derzeit Favorit bei den Kindern und sie sind alle sofort Feuer und Flamme, sogar Katinka. Es dauert einen Moment, bis alle fertig sind, aber dann machen sie sich gemeinsam auf den Weg.

An diesem Abend fallen die Kinder ganz müde ins Bett. Alle Erlebnisse müssen erst mal verarbeitet werden.

171

Auch Tanja ist ziemlich müde, doch Eric freut sich noch auf seine Überraschung beim gemeinsamen Essen beim Italiener um die Ecke.

„Ich hätte noch ein wenig Appetit …", murmelt er vorsichtig vor sich hin. Tanja reagiert nicht wirklich, sie liegt auf der Couch und ihre Augen sind geschlossen.

„Ich schau mal, was wir noch im Kühlschrank haben", verspricht Eric und geht leise in die Küche. Im Flur trifft er Isabel, die wie verabredet, gerade zum Babysitten kommt.

„Hey, ich bin Eric, schön dich endlich kennen zu lernen, Isabel", flüstert er

„Geht mir ebenso, Eric. Wo ist Tanja?", erstaunt blickt sie sich um.

„Sie liegt noch auf dem Sofa und ist ebenso platt wie die Kinder. Die schlafen übrigens schon. Ich werde Tanja jetzt wecken und hoffe, dass ich sie noch überreden kann, mitzukommen", lacht er.

„Viel Erfolg!!" Isabel legt ihre Sachen ab, während Eric ins Wohnzimmer geht.

Er kniet sich neben das Sofa und küsst seine Frau wach. Keine leichte Aufgabe, aber er hat Ausdauer, er hat sich ja lange genug darauf gefreut.

Endlich öffnet sie gnädig ein Auge und grinst ihn an.

„Für das andere Auge brauch ich aber noch etwas Motivation", lacht sie glücklich.

„Mach ich. Und dann stehst du bitte auf, nimmst deine Jacke und kommst mit mir mit, ja?"

Zack, ist auch das andere Auge auf.

„Äh, wohin denn?", gähnt sie.

„Überraschung!", singt Eric.

„Wow – noch eine?", staunt Tanja und erhebt sich schwerfällig.

172

„Yep! Noch eine! Los, komm … Ich bin schon ganz aufgeregt." Eric zieht sie vom Sofa hoch.

„Moment, wir haben Kinder – wir können nicht so einfach weg!?" Tanja ist wach.

„Schau mal in die Küche", grinst Eric und macht ihr die Tür auf.

„Isabel? Wo kommst du denn jetzt noch her? Was machst du hier?" Isabel nimmt sie statt einer Antwort in den Arm und lächelt nur. Tanja blickt Isabel und ihren Mann glücklich an, haucht Isabel ein „Danke" hin und schon zieht Eric sie aus der Wohnung.

Draußen fordert Eric sie auf, die Augen zu schließen und führt sie eng umschlungen den kurzen Weg bis zum Italiener. Tanjas gute Nase verrät ihr, kurz bevor er die Tür des gemütlichen Restaurants für sie öffnet, dass es verräterisch nach gutem Essen duftet.

Man führt die beiden zu dem Tisch, den Eric reserviert hat. Das Menü hat er auch schon vorbestellt.

Drei Gänge!!! Tanja ist sprachlos.

„Sag mal, hast du im Lotto gewonnen? Drei Gänge?" Eric grinst ganz breit und nickt langsam.

„Ich habe Hunger!", lacht er mit treuen Augen.

„Eric! Was jetzt? Hast du?" Tanja bleibt der Mund offen stehen.

„Tanja, ganz ruhig. Nimm erst mal dein Glas in die Hand." Eric genießt jeden Satz. Langsam, fast in Zeitlupe, greift Tanja zum Weinglas und schaut ihn zweifelnd an.

Eric erhebt sein Glas und ergreift ihre Hand.

„Prost! Auf dich!"

„Auf uns!", antwortet Tanja, noch unsicher, wie sie die Situation einschätzen soll.

Dann setzen sie die Weingläser ab und Eric beginnt begeistert und ausführlich zu erzählen. Wie er über England nach Australien kam, seine Bilder ausgestellt wurden und schließlich sogar eines gekauft worden ist. Zwischendurch genießen sie das leckere Essen und Tanja kommt aus dem Staunen nicht mehr raus.

„Du hast ein Bild verkauft??? Das ist ja großartig!" Sie holt tief Luft und strahlt ihn an.

„Schatz, willst du mich gar nicht fragen, wie viel Geld ich dafür bekommen habe?" Eric kann sich kaum halten, so gespannt ist er auf ihre Reaktion.

„Ich sehe dir doch an, dass du es mir gleich erzählen wirst", lacht sie und hält seine Hände.

„Los, sag's!!"

„Eine Million!"

Tanja verschluckt sich und fängt an zu husten. Sie schaut Eric dabei mit ungläubigen Augen an.

„Wirklich?… das …", Räuspern, „das ist ja … der Wahnsinn! Eric! Oh mein Gott!!" Sie springt vom Stuhl auf und umarmt ihn erst mal ausgiebig.

„Das hast du so verdient. Ich liebe deine Bilder – alle!"

„Ich weiß, aber davon allein konnte man bisher nicht so gut leben", gibt er zurück und drückt sie nochmals.

„Wow! Eric, eine Million? Das ist …, das ist großartig! Wunderbar! Der Hammer! Eric, das ist alles ein Traum hier. Ich kann das noch gar nicht glauben. Und was machen wir damit?" Tanja setzt sich wieder hin.

„Jetzt? Jetzt können wir beiden uns ab morgen vollkommen entspannt darum kümmern, wie wir gemeinsam Katinka versorgen und wie es überhaupt weitergehen soll."

„Mensch, Eric, das ist großartig."

Nach einer Pause stellt sie fest:

„Schatz, du wirkst auf mich anders, als sonst. Du bist irgendwie stärker, selbstbewusster. Das tut mir so gut. Das fühlt sich an, als könne ich mich jetzt an dich lehnen, mich auf dich

174

verlassen. All diese Überraschungen – das ist nicht typisch für dich – aber es … ja, es passt ganz wunderbar zu deiner neuen Ausstrahlung. Ach – ich bin so glücklich, dass du wieder da bist!"

„Danke, Tanja, das stimmt, denn ich fühle mich tatsächlich stärker und ich traue mir viel mehr zu. Ich habe dir noch gar nicht von Phil erzählt."

„Phil?"

„Dafür, dass ich gar nicht so lange in Australien war, habe ich dort einen wahren Freund gefunden. Phil ist ein Aborigine, ein wunderbarer Mensch!", schwärmt Eric.

„Ich habe dir eben von dem Engländer namens Brisborne erzählt, der mich nach Australien geschickt hat und sein – ich sag mal – Vertrauensmann in Brisbane hat mir später Phil vorgestellt. Phil ist ein Pfundskerl, er liebt die Erde und nennt sie Mutter, da wir durch sie genährt werden und aus ihrem Stoff sind, wie er sagt. Er hat mit mir geredet und mir so viel über mich erklärt. Da konnte ich nur staunen. Tanja, ich habe durch ihn meinen Eltern verzeihen können. Ich, ich habe mich selbst, mein Leben verstanden, weil er es – einfach alles logisch erklären konnte. Er sagt, es ginge alles um die Liebe auf dieser Welt. Wenn wir die Liebe wieder zulassen als einzige Macht, aus dem Herzen leben, einander achten, dann verbessert sich alles wieder zum Guten."

Tanjas Gesicht sieht ganz selig aus. Eric streicht ihr erstaunt übers Gesicht.

„Was ist?"

„Weißt du … es ist so faszinierend – ähnliches habe ich auch lernen dürfen … in der vergangenen Zeit. So was wie die Kraft unserer Gedanken und dass das Leben unsere Gedanken spiegelt, was Liebe alles vermag. Und das war so hilfreich, du glaubst es nicht. Ich habe sogar meiner Mutter zu widersprechen gelernt!"

„Im Ernst? Gerda? Zeig mir, wie das geht, Tanja und unser Leben wird noch schöner", grinst Eric. Tanja hält lachend ihren Daumen hoch.

„Und wer hat dich das alles gelehrt, Tanja?"

„Das war Isabel, du hast sie eben kennen gelernt. Sie ist eine ganz einzigartige Frau."

„Ja, sie hat eine besondere Ausstrahlung, das ist mir gleich aufgefallen!!"

„Aber weißt du, mir kam auch schon mal der Gedanke, ob wir zwei noch zusammen passen werden, nach dem was ich alles über mich gelernt habe. Eric, ich habe eine Gänsehaut! Jetzt im Moment. Es ist wie ein Wunder, dass auch du Neues gelernt hast und dass wir uns ergänzen und uns gemeinsam auf dieser Basis weiter entwickeln dürfen. Gott will wohl, dass wir zusammen weiter gehen. Ich bin so froh!"

Eric kribbelt es bis unter den Haaransatz, so fasziniert ist er von dem, was Tanja gerade sagt. Er hebt nochmal das Glas.

„Auf unsere gemeinsame glückliche Zukunft mit Katinka, Clarissa, Maline und in Zusammenarbeit mit Mutter Erde, dem Universum und Gott, der Quelle von allem, was ist."

Glücklich hebt auch Tanja ihr Glas. Prost!!

# Wunder

Eine Woche später. Sonntagmorgen.

Das Schellen des Telefons schreckt Tanja und Eric aus dem Schlaf. Es ist gerade einmal halb sieben.

„Ich geh ran, bleib liegen", sagt Tanja gähnend und steht auf. Eric hört sie nicht viel sagen und ist erstaunt, wie schnell sie wieder zurück kommt. Die Tränen laufen ihr übers Gesicht, aber sie strahlt dabei. Er richtet sich auf und nimmt sie in den Arm.

„Was ist passiert? Was ist los? Warum weinst du?"

„Du glaubst es nicht! Die Kinderärztin war das, aus der Klinik, und hat sich total freundlich entschuldigt, dass sie so früh anruft, und ..."

„Jaja, Tanja komm auf den Punkt", drängt Eric.

„Katinka ist vollkommen gesund! Man kann keine Hinweise mehr auf eine Leukämie finden!!"

Tanja umarmt ihren Mann voller Freude.

„Das ist ja ... unglaublich ... schon wieder ein Wunder!´ Beide kullern eng umschlungen durchs Bett.

„Und wir können sie heute Vormittag abholen!!!" Eric fängt laut an zu singen.

„Du machst die Kleinen wach!", warnt Tanja ihn, doch er ist nicht zu stoppen. Er singt aus vollem Herzen, in den höchsten und lautesten Tönen, die ihm einfallen. Dann zieht er seine Frau aus dem Bett und tanzt mit ihr durchs Schlafzimmer.

„Mami, was macht der Papi da mit dir?" Clarissa steht in der offenen Schlafzimmertür und reibt sich die Augen. Maline kommt auch um die Ecke und läuft fröhlich auf die beiden zu.

„Katinka ist wieder gesund!", ruft Eric.

„Kann sie mich jetzt wieder sehen, so wie früher?", fragt Clarissa.

„Nein, Liebes, leider nicht. Aber die andere Krankheit, die ist jetzt weg. Und darüber freuen wir uns!!", entgegnet Eric liebevoll. Dann nimmt er sie hoch und hält sie auf starken Armen unter die Decke. Clarissa kreischt vor Freude. Maline sieht Tanjas offene Arme und rennt los.

„Wisst ihr was? Wir ziehen uns jetzt an, frühstücken und fahren dann zu Katinka und holen sie alle gemeinsam ab! Was meint ihr?", schlägt Eric vor und schaut seine Mädels freudestrahlend an.

177

Kurz nach zehn Uhr erscheint die gesamte Familie Boennke auf der Kinderstation und ist ganz erstaunt, dass Katinka gar nicht auf ihrem Zimmer ist. Die Schwester klärt sie auf, dass das Kind noch eine letzte Therapiestunde bei Ermine wahrnimmt und in einer Viertelstunde wieder da sein sollte.

Pünktlich um viertel nach zehn hört man sie schon durch den Krankenhausflur rufen.

„Schwester Inge! Schwester Inge! Wo bist du denn?" Schwester Inges Kopf schaut aus einer Tür.

„Ja, Katinka, was ist denn los? Was bist du denn so aufgedreht? Kind, mach langsam!!!" Doch Katinka lässt sich nicht bremsen und läuft zielgerichtet auf die Krankenschwester zu.

„Katinka, vorsichtig!!" Katinka ist schon bei ihr und umarmt sie.

„Genauso hab ich gedacht, siehst du aus!"

Schwester Inge blickt sie einen Moment ungläubig an.

„Katinka, du kannst wieder sehen?"

„Jaaaaaaaaaaaaaaaa!", schreit diese ganz laut und läuft tanzend über den Flur bis zu ihrem Zimmer. Im Türrahmen steht ihre Familie und kann es kaum fassen. Tanja laufen die Tränen über die Wangen, Eric holt tief Luft und nimmt Katinka begeistert auf den Arm. Tanja umarmt beide und ihre Hände suchen Clarissa und Maline und alle stehen wie eine große Traube miteinander im Zimmer. Schwester Inge kommt rein und auch ihr laufen die Tränen vor Rührung.

Irgendwann kehrt wieder etwas Ruhe ein.

Eric setzt Katinka ab und fragt:

„Wieso kannst du wieder sehen?"

„Seit eben!", strahlt Katinka.

„Ermine hat noch eine Phantasiereise mit mir gemacht und danach konnte ich wieder sehen!"

Eric schaut sie vollkommen erstaunt an.

„Eine was?"

178

„Eine Phantasiereise!" Ermine steht in der Tür und lacht die Fünf fröhlich an.

„Das ist ein Geschenk, nicht wahr?" Sie begrüßt alle einzeln.

„Nach ihrer letzten Phantasiereise hat Katinka mir erzählt, dass sie ihre Mutter nicht sehen kann, da sie ein Tuch über dem Kopf hatte. Wir sprachen gemeinsam darüber und dann erzählte sie mir, dass sie glaubte, schuld zu sein, dass Sie ´, dabei deutet sie mit dem Kopf zu Tanja, „soviel zu arbeiten haben. Und sie war der Meinung, sie würde deswegen von ihrer Mama nicht mehr geliebt." Tanja schlägt die Hände vor die Augen.

„Das gab mir zu denken," fährt Ermine fort. „und so erklärte ich ihr heute nochmals, dass wir Mütter unsere Kinder immer lieben, auch wenn wir Probleme und Sorgen haben. Und das wir manchmal gar nicht genau merken, dass wir etwas vergessen haben, was für Kinder ganz wichtig ist."

Sie kniepäugelt Tanja zu und ergänzt:

„Frau Blumél hatte mir am Telefon noch ein kleinen Einblick in die aktuelle Familienproblematik gegeben."

Tanja schüttelt verwirrt den Kopf. Doch Ermine fährt fort zu reden.

„Nun und in der heutigen Reise haben wir das Tuch vom Kopf der Mama einfach runter genommen und Katinka hat festgestellt, dass die Mama sie ganz liebevoll angesehen hat. Danach gingen dem Kind im wahrsten Sinne des Wortes die Augen auf!"

Ermine lächelt Tanja freundlich an.

„Oh, mein Gott!" Tanja begreift allmählich den gesamten Zusammenhang.

„Geben Sie sich bitte keine Schuld, Frau Boennke. Das nützt gar nichts. Freuen Sie sich, dass es nur ein rein seelisches unterbewusstes Augenschließen war und kein dauerhaft physisches!"

„So was gibt es also auch?" Eric macht große Augen, während er auf dem Bett sitzt, mit Clarissa und Maline auf dem Schoß.

„Freut ihr euch denn gar nicht?", ist da auf einmal wieder Katinkas Stimme zu hören.

„Aber natürlich! Es ist nur so viel Freude auf mal. Weißt du denn schon, dass du auch sonst wieder ganz gesund bist?" Jetzt ist es Katinka, die ihre Mama ganz ungläubig ansieht.

„Ich bin wieder ganz gesund?" Tanja nickt und Katinkas Augen flitzen in alle Richtungen.

„Dann … dann ... kann ich endlich wieder in die Schule gehen????"

Tanja drückt sie an sich.

„Ganz bestimmt! Das kriegen wir hin!!"

„Yipeh!!!" Katinka macht vor Freude einen Purzelbaum. Eric steht auf, bedankt sich bei Schwester Inge und bei Ermine.

„Kommt ihr Lieben, wir gehen heim!" Vor Freude strahlend folgen ihm alle.

Ermine und Schwester Inge stehen im Flur und sehen den Fünfen berührt und doch nachdenklich nach.

„Ein Wunder", flüstert Inge. Dann blickt sie Ermine an. Diese grinst ganz breit.

„Yep! Ein Wunder, an dem besondere Seelen mitgewirkt haben! In mir fühlt es sich ganz warm an. Ich bin immer wieder dankbar, wenn ich so etwas miterleben darf"

„Besondere Seelen? Was meinst du denn damit??"

Inge ist etwas überrascht. Solch eine Erklärung hat sie nicht erwartet.

„Ja, besondere Seelen halt! Da haben erwachte Menschen ihren Beitrag geleistet und ihr Licht leuchten lassen. Durch Aufklärung, Intuition, Liebe, Vergebung und Mitmenschlichkeit. Und nicht zuletzt unser Schöpfer – der hilft immer!"

180

Ermine schaut immer noch auf den Gang, wo Katinka und ihre Familie stehen und auf den Aufzug warten und seufzt glücklich.

„Ermine, das klingt ja …", Inge sucht nach den rechten Worten, „ja … eigentlich spannend! Magst du mir das alles mal genauer erklären?"

Schmunzelnd hakt Ermine sie unter und lenkt sie ins Schwesternzimmer.

Im Fahrstuhl halten alle einander an den Händen.

„Mama?"

„Ja, Maline?"

„Mama, ist es jetzt Zeit für den Hund?"

Maline legt den Kopf schief und schaut Tanja treuherzig an.

„Darüber könnten wir jetzt tatsächlich mal reden", lacht sie ihre Jüngste an.

„Aber zuerst planen wir eine ganz große Party unter der Überschrift *Danke! Katinka ist wieder gesund*! Da laden wir Florine und Isabel ein, Adèle, Paul, Schwester Inge …", Tanja wird unterbrochen.

„Schwester Traudl, Schwester Paula, Schwester Annett, Pfleger Oleg, Ermine und die Frau Doktor auch!!" Katinka ist ganz aufgeregt. „Und alle meine Freundinnen!", fügt sie noch hinzu.

„Und die Oma!" ruft Clarissa.

„Ich würde gerne Phil und Mr Brisborne einladen, Caroline West auch", wünscht sich Eric.

Tanja staunt, wer ihnen da alles einfällt. Katinkas Klassenlehrerin fehlt noch. Und Nadja Kellermann!

„Sie haben das Erdgeschoss erreicht!", teilt die freundliche Stimme des Aufzugs mit.

# Mit der Kraft des Herzens

„Wie viele Tränen hab ich schon auf diesem Sofa vergossen … und so viel Freude fühlen dürfen … wie oft hat Isabel mich hier umarmt und gehalten … ein Ort der Liebe und des Friedens!" Tanja schaut gedankenverloren in den Garten hinaus als Isabel mit dem Tee herein kommt. Die Dankbarkeit ist Tanjas Gesicht ins geschrieben.

Zuvor hat sie Isabel begeistert erzählt, welche Veränderungen durch Erics Rückkehr anstehen. Von dem Geldsegen, von den Plänen, ein Haus zu kaufen. Auch Erics Veränderung hat sie angedeutet.

„Isabel, dir begegnet zu sein war wirklich das Allerbeste, was ich je erlebt habe!"

Isabel schaut sie ganz gerührt an.

„Danke für deine lieben Worte." Dabei schenkt sie vorsichtig den Tee ein, um von den Tränen in ihren eigenen Augen abzulenken.

„Wo ist denn Eric, er wollte doch mitkommen, damit ich ihn endlich richtig kennenlernen kann?", fragt sie dann.

„Er ist bestimmt aufgehalten worden, als er die Kinder in den Kindergarten brachte – dort gibt es ja auch viel zu erzählen."

Tanja ist eigentlich froh, dass sie noch ein paar Momente allein mit Isabel verbringen kann.

„Isabel, ich habe so viel von dir gelernt. Was mich jetzt im Rückblick so fasziniert ist, dass mir die Unwissenheit in der ich lebte, gar nicht bewusst war. Meine Überlastung, meine Unzufriedenheit und innere Traurigkeit haben *mir* nicht gut getan, aber außerdem einen immensen Einfluss auf mein Umfeld, vor allem Katinka, gehabt. Es war wohl an der Zeit, dass sich da etwas veränderte. Und deshalb gab es dann diesen Schicksalsschlag mit Katinkas Krankheit, ich glaubte, die Welt ginge unter. Und dann kamst du in mein Leben. Wie ein

182

Licht. Dein Leuchten, deine Kraft, deine Zuversicht, deinen Glauben an Lösungen bewundere ich noch immer. Mir schwant, dass ich nur ein klein wenig des großen Ganzen erkennen durfte. Du hast mir meine Begrenzungen gezeigt und geholfen sie zu begreifen und abzubauen. Und ich weiß tief in mir, dass ich dir weiter folgen werde. Du scheinst noch mehr wichtige Erkenntnisse in mir aufbrechen zu können. Ich danke dir!"

Isabel lächelt sie dankbar an.

„Weißt du, Tanja, du bist ebenso ein Geschenk in meinem Leben." Das erstaunte Gesicht von Tanja ignoriert sie und spricht weiter:

„Ich bin dir mindestens ebenso dankbar; wie du mir. Denn jetzt beginnt ein weiteres Licht in dieser Welt zu leuchten. Deine Ausstrahlung hat sich so sehr verändert. Jeder wird sich fragen, oder vielleicht dann auch dich, was los ist mit dir? Warum du so strahlst?

Erinnerst du dich, wie du deinerseits mir diese Frage gestellt hast? Ich habe dir die Hand hingestreckt, weil es viel schöner ist, wenn wir alle unser inneres Licht zum Leuchten bringen. Und du hast vertrauensvoll meine Hand angenommen und dich darauf eingelassen, dein gewohntes Denken zu verlassen. Das bedeutet, großen Mut zu haben. Das setzt Zeichen. Es ist der erste Schritt auf dem Weg, die Welt zu verändern. Das ist der Weg, um das Licht der Liebe hier auf der Erde zu installieren und alles, was unserem Miteinander nicht dient aufzulösen."

Tanja nimmt erst jetzt wahr, dass Isabel die Tränen über das Gesicht laufen. Gemeinsam halten sie einander und genießen die Umarmung.

„Dein Tee ist köstlich wie immer!", Tanja stellt die Tasse wieder ab und lacht Isabel an. Isabel wischt die letzten Tränen aus dem Gesicht:

„Tanja, du kennst sicher den Satz *Jede Reise beginnt mit dem ersten Schritt.* Diesen Schritt bist du jetzt gegangen. Damit bist du dem Ziel, ganz du selbst zu sein, einen Schritt näher. Du ahnst, worauf ich hinaus will. Es folgen noch mehr. Es gibt auch Themen, die uns belasten, die wir nicht mit Erlebnissen aus unserem Leben erklären beziehungsweise erlösen können."

Tanja bleibt der Mund offen stehen.

„Tanja, ich glaube an die Reinkarnation. Das heißt, dass wir wiedergeboren werden und daher Erfahrungen aus vielen Leben ins uns tragen."

„Ist das dein Ernst??" Ungläubig schüttelt Tanja den Kopf. „Ich glaube, das geht mir zu weit. Schon mal gelebt? Das kann ich mir ja nun gar nicht vorstellen. Nein, Isabel, da gehe ich nicht mit."

„Das ist vollkommen okay, Tanja. Jeder findet und lebt seine eigene Wahrheit."

„Wie kommt man denn darauf, schon mal gelebt zu haben?" Neugierig bleibt Tanja dennoch.

„Es gibt verschiedene Hinweise: Platon sprach unter anderen schon davon. Im Hinduismus, Buddhismus glaubt man an das Rad der Wiedergeburt. Die katholische Kirche lehnte die Reinkarnationslehre in einem Konzil von 553 n. Chr. ab; vorher durften alle daran glauben. Es gibt mittlerweile viele Berichte über Nahtod-Erfahrungen. Mach dich schlau, Tanja. Das Internet ist voll von Informationen. Überprüfe den Wahrheitsgehalt aller Nachrichten immer mit deinem Herzen."

Isabel steht auf, blickt Tanja aufmunternd an und geht dann zur Haustür, da es geschellt hat. Tanja ist nachdenklich geworden und nimmt sich vor, das Thema zu recherchieren.

184

Im nächsten Moment hört sie einen kleinen Aufschrei und im gleichen Augenblick öffnet sich schwungvoll die Tür und Eric wirbelt Isabel herein. Er hat sie wie bei einem flotten Disco-Fox um die eigene Achse drehend ins Wohnzimmer zurück geführt. Isabel bekommt kaum Luft vor Überraschung und Lachen. Eric grinst genüsslich während er die Drehung vorsichtig abbremst.

„Normalerweise ist das nicht meine Art Tanjas Freundinnen zu begrüßen, aber ich glaube, du verstehst, dass du definitiv ein Sonderfall bist!" Zum Abschluss seiner Vorstellung drückt er die kleine Frau an sich und führt sie dann langsam zum Sofa.

Isabel lacht.

„Ja, herzlich willkommen Eric, setz dich! Das war ja ein Auftritt! Der verlangt nach seinesgleichen. Wow!" Noch etwas außer Atem reicht sie ihm eine Tasse Tee und schaut die beiden auf dem Sofa sitzenden Menschen glücklich an.

„Wisst ihr, dass eure beiden Gesichter wie eine Lichterkette am Weihnachtsbaum strahlen? Wunderschön anzusehen!"

Eric und Tanja blicken einander an, um kichernd wenigstens die Hälfte von Isabels Bild zu erkennen. Eric sieht wieder zu Isabel und setzt nach:

„Ja, Isabel und du leuchtest wie der Weihnachtsstern oben auf der Baumspitze!"

Albern kugeln sich die drei vor Lachen.

Nachdem sie sich beruhigt haben, reicht Isabel das Gebäck herum und fragt Eric, wie denn das Gespräch mit Caroline West gelaufen war?

„Das, … das war echt krass. Eine tolle Frau kann ich nur sagen. Und als sie dann nach unserem kurzen Gespräch und meinen Überlegungen, wie ich denn nun meine Ankunft noch besser vorbereiten könnte, den Zettel mit deiner Telefonnummer aus der Tasche zieht, da hättet ihr mein Gesicht sehen sollen. Ich war geflasht. Das war … wie ein Telefonjoker!!" Er lacht. „Doch woher sie deine Nummer hatte, weiß ich bisher noch nicht."

„Stimmt, da habe ich auch noch eine Wissenslücke!", bestätigt Tanja.

Isabel blickt nachdenklich, legt den Finger an den Mund, als würde sie überlegen und schlägt vor: "Intuition?" Die beiden blicken sie ungläubig an.

„Intuition? Na, das wäre aber echt ein Treffer – so hat sie auf mich gar nicht gewirkt?"

Eric ist nicht überzeugt. Und so inspiziert er zweifelnd Isabels Gesicht, die das natürlich nicht lange aushalten kann und lachen muss.

„Aha! Doch keine Intuition?", forscht Eric siegessicher.

„Nein. Ich habe sie nicht einmal gesehen, aber Tanja!"

„Ich???" Jetzt ist Tanja verwundert. „Wann soll das gewesen sein?"

„Erinnerst du dich an Florines ersten Besuch? Sie hat mir erzählt, dass damals einige Menschen vor deiner Türe standen und sie diesen dann die Tür vor der Nase zu machte."

Tanja stutzte, doch dann erinnert sie sich.

„Ja, stimmt! ... Ja, hatte die Frau nicht einen roten Pagenkopf? … An den kann ich mich jetzt wieder erinnern."

„Ja, Caroline hat knallrote Haare!", bestätigt Eric grinsend.

„Mensch, vielleicht hatte ich im Lotto gewonnen und die wollte mich überraschen." Alle lachen wieder.

„Davon weiß ich nichts – obwohl dein Lottogewinn ja Eric heißen könnte!!", reagiert Isabel. Wieder Lachen!

„Florine hat sich irgendwann daran erinnert, Paul befragt und Caroline tatsächlich vor kurzem auch persönlich kennengelernt. Und über diesen Kontakt ist dann meine Telefonnummer weitergeleitet worden."

186

„Danke, Isabel, weißt du, das was du bei Tanja ausgelöst hast ... die Veränderung meiner Schwiegermutter ... alles was hier passiert ist .... das ist für mich wie ... so, als wenn der Himmel aufgegangen wäre. Es ist wie ein neues Leben, in das ich eintrete. Isabel, ich habe in Australien einen Engel wie dich getroffen, der mich ähnliches gelehrt hat. Damit ich heimkehre, um nicht gleich wieder wegzulaufen, sondern meine Lieben und mein Leben pflege, achte, ehre, wertschätze und dieses Wissen weitergebe ... damit ... "

Erics Stimme zittert, so gerührt ist er selbst über seine Worte: „damit sich die Liebe in unserer Welt verbreitet und alle Wesen auf Mutter Erde voller Liebe miteinander leben lernen. Und wir wollen", dabei nimmt er Tanjas Hand, „unseren Beitrag dazu leisten!"

## Helferparty

Kurze Zeit später wird in Boennkes neuem Garten groß gefeiert.

Und es soll noch viel gefeiert werden in diesem alten Haus mit dem wunderschönen, großen Garten. Eric und Tanja haben sich einen Traum verwirklicht und dieses kleine Häuschen gekauft, spontan im Nullkommanichts.

Nicht nur Nella, die kleine Mischlingshündin – der kleine lebhafte Welpe vom Polizisten Rune - fühlt sich dort pudelwohl, auch die Kinder lieben ihre neue Freiheit und toben und tanzen nach Lust und Laune durch Haus und Garten.

Eric will in dem hellsten Raum des Hauses malen und viel Zeit mit seinen Kindern verbringen, vor allem während Tanja arbeiten geht. Halbe Tage, das macht ihr mehr Freude und ist kein Stress für sie, da sie jetzt weiß, was sie alles kann.

Heute ist die Hütte wirklich voll. Alle am Glück der Familie Boennke Beteiligten sind gekommen.

Eric hat Mr Brisborne alle Auslagen zurückgezahlt und konnte ihn überreden, die Reise aus England wirklich anzutreten. Jetzt steht dieser im Gespräch vertieft mit Frau Segtmeier, Katinkas Lehrerin. Sie ist total fasziniert von seinem Engagement und fühlt eine ähnliche Berufung in sich selbst.

Phil wollte erst nicht teilnehmen, doch als er hörte, dass auch Tanja eine wissende Unterstützerin hatte wurde er neugierig und sagte mit Hoffnung auf einen regen Austausch mit Isabel zu.

Einige Mitarbeiter der Station 3 der Kinderonkologie sind für heute extra vom Dienst frei gestellt worden, denn solch einen Fall, wie den von Katinka kennt man dort nicht alle Tage.

Florine und Nadja Kellermann, die ja gar nicht mehr zu ihrem zweiten Einsatz kam, tauschen sich intensiv über ihr Netzwerk aus.

Paul steht mit Eric im hinteren Garten und Eric nutzt die Gelegenheit, sich nochmals ausgiebig für die Recherche nach Caroline West zu bedanken. Ohne Paul hätte Erics Heimkommen nicht so gut gelingen können. Nein, Caroline wäre gerne gekommen, doch sie habe wichtige Termine in den Staaten, bedauert Paul.

Gerda ist noch ganz benommen von der freundlichen Begegnung, die sie mit Adèle hatte, als ihre quirligen kleinen Enkelkinder auf sie zulaufen und ihren Schoß erobern. Gerührt über ihr spätes Glück drückt sie Clarissa und Maline ganz fest an sich.

Und wo ist Adèle jetzt? Tanja wundert sich, schaut im Haus und im Garten, sie findet sie nirgends. Keiner hat sie gesehen, seit sie mit Gerda sprach. Da kommt ihr ein Gedanke – sie flüstert Eric ins Ohr, dass sie schnell nach Adèle schauen will und verlässt leise den Garten. Doch Eric folgt ihr. Er holt sie ein, umarmt sie voller Glück und ist selig seine Frau einen Moment für sich allein zu haben.

188

Gleich um die Ecke am Waldrand liegt der Friedhof, auf dem Mathilde Boennke liegt. Plötzlich fällt Tanja ein, dass sie Eric noch gar nicht von Mathildes Tod erzählt hat. Doch sobald Tanja Luft holt, um zu sprechen, küsst Eric sie auf den Mund. Die paar Schritte zum Friedhof reichen einfach nicht aus … Als sie ihn stoppen will, nimmt er sie einfach auf den Arm und trägt sie weiter. Seine Fröhlichkeit und Glückseligkeit siegen. Er soll es wohl nicht vorher erfahren.

Dann wird der Blick auf den Friedhof frei und dort am Grab sehen sie Adèle stehen, vertieft in ihr Gespräch mit Mathilde.

„Mathilde, ich bin mir sicher, dass du diese Entwicklung nicht geahnt haben konntest. Ein Wunder ist geschehen und du hast es ausgelöst. Wir alle, die wir unseren Teil dazu beigetragen haben, sind Mitschöpfer dieses Wunders. Entstanden aus Liebe und Miteinander. So schön kann das Leben sein! Alle sind gekommen, um im Haus von Eric und Tanja zu feiern. Und ich dachte, ich schau mal bei dir vorbei und bring dich auf den neuesten Stand der Dinge. Ich danke dir, Mathilde! Es war so schön mit dir! Und ich freue mich auf unser Wiedersehen. Irgendwann, ich habe hier nämlich noch viel zu tun!!"

Adèle sucht ihr Taschentuch. Dann dreht sie sich um und sieht Tanja und Eric, die auf sie zukommen. Eric blickt an Adèle vorbei auf das Grab.

„Mathilde Boennke", liest er.

„OmaMa ist tot?", fragt er ganz betroffen. Sein Blick wandert vom Grab zu Tanja, dann zu Adèle.

„Wann?", stammelt er. Seine Augen füllen sich mit Tränen.

„Vor circa drei Monaten!", antwortet Adèle leise.

„Sie hat vorher noch von Ihnen gesprochen und sich an Ihre Malerei erinnert. Sie ist in Frieden gegangen. Es geht ihr jetzt gut."

189

Dabei legt sie dem jungen Mann beruhigend die Hand auf die Schulter. Eric laufen die Tränen das Gesicht hinunter. Tanja legt ihre Hand auf seine andere Schulter. Doch Eric macht sich frei, geht auf das Grab zu und sinkt in die Knie. Bitterlich weint er um seine geliebte Oma. Erinnert sich an ihre Fürsorge, ihre Liebe, die Zeit, die sie ihm geschenkt hat und ihre Kraft, ihn großzuziehen, um ihm die Mutter zu ersetzen.

„OmaMa, bitte vergib mir, dass ich nicht da war! Es tut mir so unendlich leid. Ich hoffe, du musstest nicht ganz alleine von dieser Welt gehen." Ein Weinkrampf schüttelt ihn.

„Nein, Eric, ich war kurz vorher noch bei ihr gewesen und man fand sie mit einem Lächeln im Gesicht", beruhigt Adèle ihn. So hatte sie sich Mathildes Enkel doch nicht vorgestellt und leistet insgeheim Abbitte, dass sie ihn vorschnell verurteilt hatte.

„Ich hatte ihr doch versprochen, immer da zu sein, wenn sie mich bräuchte. … Mein Gott, ich war nie da, wenn mich jemand brauchte."

Eric rauft sich die Haare, ist wütend auf sich selbst.

„OmaMa, ich habe so viel dazu gelernt in den vergangenen Monaten. Wie gerne hätte ich dir davon erzählt. Ich habe erkennen dürfen, dass ich mir auch selbst vergeben muss … Egal welchen Unsinn ich getan habe, ich weiß jetzt: Gott hat mich nie verurteilt! Er liebt mich so wie ich bin … Aber ich, ich habe mich in den letzten drei Monaten so geschämt für mein vergangenes Verhalten. Ich war so wütend auf mich. Weißt du … und dann hat mir jemand diesen besonderen Menschen geschickt. Phil heißt er. Phil hat mir geholfen. Er hat mir geholfen, mir selbst zu vergeben."

Mitten in seinem lauten Denken, stutzt er.

„OmaMa, hast du mir vielleicht Phil geschickt – du warst da ja schon tot!"

190

Der Gedanke baut ihn auf.

„Dann warst du vielleicht schon gar nicht mehr böse auf mich. Vielleicht hast du mir schon vergeben? Du, das fühlt sich so gut und so wahr an!"

Tief atmet er durch. Sammelt sich und streichelt über die Erde, in der seine geliebte OmaMa liegt.

Tanja weint mit ihm und gleichzeitig ist sie ergriffen von seiner Reaktion. Ja, Eric ist erwachsen geworden. Er setzt sich der Trauer und der Erinnerung aus! Sie ist dankbar für sein Wachsen. Hier muss und kann er jetzt alleine durchgehen! Die beiden Frauen sehen einander an. Wortlos gehen sie zum Haus zurück.

Zwei weiße Schmetterlinge begleiten ihren Weg.

„OmaMa, Danke dir! Für alles! Du bist und bleibst die Beste. Ich liebe dich."

Eric ist soweit, steht auf und folgt den weißen Schmetterlingen.

Fast lachend stellt er auf einmal fest:

„Hey OmaMa, wir wohnen ja jetzt gar nicht mehr weit auseinander!!"


Und Isabel? Isabel hat hinten im Garten eine Ecke mit alten Rosengewächsen gefunden und atmet verträumt deren Duft ein. Sie ist von Eric großzügig für ihre Arbeit entlohnt worden und hatte überlegt, ob sie sich davon eine kleine Auszeit leisten wird. Phil hat jedoch neue Aspekte in ihre Gedanken gebracht. Vielleicht wird sie bald Australien besuchen …

Eine kleine runde Frau kommt fröhlich lächelnd hinter den Büschen hervor und geht auf Isabel zu.

„Guten Tag, Frau Blumél! Ich bin Krankenschwester auf der onkologischen Station für Kinder. Mein Name ist Inge Kaiser."

„Wie schön, Sie kennenzulernen!", antwortet Isabel, „Katinka hat viel von Ihnen erzählt!"

„Das freut mich sehr! Ich habe mit Katinkas Mutter über das Wunder, das mit Katinka geschehen ist, gesprochen und sie hat mir erzählt, dass Sie daran ganz wesentlich beteiligt waren!!"

Schwester Inge ist ganz außer Atem vor Aufregung Isabel sprechen zu können.

„Ich habe nur ein paar behutsame Stupser gegeben und Tanja hat sich darauf eingelassen. Den ganz bedeutenden Anteil hat unser aller Gott dazu getan!"

Soviel Demut hat Schwester Inge nicht erwartet und ist etwas aus dem Konzept geraten.

„Äh ...", stottert sie, „sagen Sie, Frau Blumél, ich dachte ... können Sie mir auch so ... wie sagten Sie noch ... ja einen oder zwei Stupser geben?"

Jetzt ist es raus. Sie atmet tief aus.

Isabel atmet tief ein und freut sich. „Liebend gerne mach ich das Frau Kaiser!!"

Ein paar Minuten später sind Termin und weitere Einzelheiten bereits verabredet.

Katinka sitzt derweil auf dem Apfelbaum und spricht mit ihrem Engelchen. Sie erzählt ihm von ihren Freundinnen, die gleich kommen werden und wie sehr sie sich freut, bald wieder in die Schule gehen zu dürfen.

*Perfekt, so hat Katinkas Leben die geplante Wendung genommen.*
*Ihre Gabe ist ihr bewusst geworden!*
*Je mehr sie lernt, damit umzugehen, umso besser.*
*Katinka wird ihren Platz im großen Plan einnehmen!*
*Danke!!!!!!*

# Danksagung

Liebe LeserInnen,

Danke für Ihr Interesse an meinem Buch.
Möge Ihnen diese Geschichte
Inspiration und Motivation sein,
um in sich zu lauschen und zu forschen
Das Leben ist so schön,
wenn wir uns mit unserem Innern vertraut machen.

Mehr können Sie finden auf:
www.Kornelia-Diedrich.de
Ich schreibe gerne
auch IHNEN

Ich möchte meinem Partner Michael Danke sagen für,
sein unermüdliches Zuhören, Dasein und Unterstützen
in all den Jahren meiner Suche
und nicht zuletzt bei der Fertigstellung meines Buches.

Mein Dank geht auch an meine Eltern und Schwestern für
unseren gemeinsamen Weg, mehr Spiritualität in unser Leben
zu bringen und ebenso für den stetigen wunderbaren
Austausch miteinander.

Ich danke meinen Freundinnen Anita, Anna, Jutta, Frauke,
Hildegard, Manuela, Olga und Reinhild für ihre Motivation
meine inneren Gaben zu entwickeln.